우린
그림자가
생기지
않는다

우린
그림자가
생기지
않는다

제1판 1쇄 2022년 8월 23일

지은이 이동건
펴낸이 이경재

펴낸곳 도서출판 델피노
등록 2016년 8월 11일 제2020-000082호
주소 서울시 양천구 신정중앙로 86, 덕산빌딩 5층
전화 070-8095-2425
팩스 0505-947-5494
이메일 delpinobooks@naver.com
ISBN 979-11-91459-33-3 (03810)

우린
그림자가
생기지
않는다

이동건 장편소설

 델피노

차례

한 사람을 찾았다. 나의 위대한 계획에 중요하게 사용될 만한 사람이다. 능력이나 머리는 나보다 더 좋은 것 같은데, 공장? 똑똑한 머리를 사용할 줄 모르는 친구네. 이렇게 완벽하고 허접한 사람이라니 다루기 쉽겠어. 내 편이 안 된다면 죽이겠지만, 죽이기는 너무 아까워. 무조건 내 편으로 만든다.

그래, 국회의원은 갑작스러울 거야. 나도 그렇게 생각하고 그도 그렇게 생각하겠지. 하지만 나에게는 명분이 필요해. 만약 그대로 걸린다면 아직 꼬리를 자르기 편하니 상관없잖아? 어차피 결과는 돌고 돌아 똑같으니까.

대천을 주축으로 자금 확보하고 중국 쪽으로 손을 뻗는다. 그 주변 친인척들도 걸출한 사업으로 성공했으니 끌어들일 계획을 세워야겠는데? 위험이 될 만한 인물은 전부 정리해놨다. 그건 걱정 안 해도 되고 그걸 처리할 괜찮은 사람 하나도 알고 있지. 정치권이나 유명 인사들은 직접 처리하기는 조금 그래. 하지만 다 생각이 있다. 나만 믿어.

1. 악행

계절은 봄, 이제 벚꽃이 봄비와 함께 저물어가고 있다. 여기 가만히 책상에 앉아 있는 한 소년이 있다. 교실 뒷자리에서 지루한 표정과 함께 턱을 괴고 칠판을 보고 있다. 아무 생각 없는 정신이 점점 멍해지고 칠판에 그려진 하얀색 글자가 지렁이처럼 꿈틀대기 시작한다. 선생님의 말소리가 감미로운 자장가처럼 들려오고 고개가 꾸벅꾸벅한다. 이 소년의 나이는 15세, 한참 사춘기와 힘든 동침을 하고 있는 나이다.

지금은 도덕 수업이 시작된 지 20분 정도 흘렀다. 오늘 수업의 내용은 생명 존중과 윤리다. 도덕 선생님은 벽면에 달린 TV의 화면을 켜고 온라인 교과서를 보여준다. 자살을 한 사람들, 가족들이 불행해하는 사진을 넘기고 선생님은 이상한 종교 이야기를 꺼낸다. 이제 소년의 고개가 완전히 아래로 꼬꾸라져 다시 올라오지 않고 있다. 그다음 내용은 살인에 관한 것이다. 살인, 사람을 죽인다는 뜻의 단어. 살인이라는 단어가 깊은 잠에 문턱 앞까지 온 소년의 호기심을 끈다.

'사람을 죽이면 기분이 어떨까?'

서서히 돌아오는 소년의 이성 속, 잠결에 이상한 생각이 흐물거린다. 점점 그 생각이 깊어져 가고 소년의 졸음도 도망가기 시작한다.

'아니.'

소년은 고개를 젓는다. 절대로 하면 안 되는 생각이다. 소년도 그 사실을 너무나도 잘 알고 있다. 그렇기에 살인에 대한 생각을 멈추었다. 소년의 생각이 잘못되었다는 것에 힘을 실어주듯 선생님이 가리킨 화면에 비참한 살인범들의 모습이 보인다. 그리고 시작된 이상하고 지루한 선생님의 말씀

"사람을 죽이면 안 된다."

"남에게 피해를 주면 안 된다."

"사람이라면 절대로 생각조차 하면 안 되는 거다."

선생님은 당연한 소리를 공부가 필요하다는 것처럼 학생들에게 말하고 있다. 그리고 이 부분이 이번 시험에 나온다고 당당하게 말한다. 선생님의 표정을 보아하니 딱히 수업을 하고 싶은 마음이 없어 보인다. 다시 소년으로 집중하자면 이미 그는 수업과 멀어지고 홀로 생각에 빠져있다. 살인의 느낌 말이다. 아까 살인에 대한 생각을 떨치려고 했으나 상상 속 이상한 손아귀가 소년을 끌어들였다.

'인간으로서 가장 금기시되는 일인데 상상도 못할 특별한 느낌

이 있지 않을까? 마약 같은 쾌락? 성취감? 아니면 뭘까?'

하지만 소년의 생각은 커다란 벽에 부딪힌다. 살인의 느낌을 알기 위해서는 직접 사람을 죽여야 한다. 그렇다면 감옥에 갈 것이다. 살인은 죄질이 가장 악한 죄 중 하나이기 때문에 감옥에 오래 있을 거다. 아니면 감옥에서 아예 나오지 못할 수도 있다. 또한 살인자를 자식으로 둔 부모님의 심정은? 소년의 길고 긴 나머지 인생은?

소년은 풀고 싶은 궁금증을 알기 위해서는 너무나 많은 것을 버려야 한다는 걸 깨닫는다. 그는 어린 한숨을 내쉬며 포기한다. 그리고 다시 눈을 감고 선생님의 목소리를 자장가 삼아 잠에 들려고 한다. 하지만 무의식 속 생각의 줄기가 마음대로 뻗어 잠이 들기 직전에 소년을 간지럽게 건들며 깨운다.

'살인자들도 사람을 죽이면 그 뒤에 찾아올 상황이 감당이 안 된다는 걸 알 텐데, 왜 사람을 죽였을까?'

소년은 책상에 완전히 엎드려 또다시 위험하고 이상한 생각에 빠진다.

'도대체 무엇 때문에? 분노를 이기지 못하고 홧김에? 아니면 복수?'

소년은 계속된 생각의 줄기를 뻗어 나간다. 그 줄기는 또 다른 새로운 줄기로 뻗어 나간다. 이 미치고 위험한 생각은 지금 도덕 수업 시간이 끝이 났음에도 멈추지 않고 줄기를 이어 나갔다. 소년의 생각은 멈추지 않았다. 점심시간이 시작돼도 학교가 끝나도 학원이 끝나도 심지어 해가 지고 집에서 저녁 먹을 시간이 되어도 말이다. 소년은 저녁 식사는 뒤로하고 자신의 방안 침대에 누워 계속 생각에 빠졌다. 하지만 도저히 답을 낼 수가 없었다. 그러면 그럴수록 살인에 대한 궁금증만 깊어져 갔다. 그렇게 늦고 늦은 밤이 되어서야 소년은 한 가지 답에 도달하게 된다.

'완벽하게 사람을 죽이면 되잖아.'

증거도 남기지 않고 완벽하게 사람을 죽이면 된다. 아무도 모르게 절대로 걸리지 않는 완벽 범죄 말이다. 그럼 지금 자신을 미치게 만드는 궁금증은 해소되고 감옥에 가지 않을 것이다. 하지만 이게 말처럼 쉬운가? 중학생 소년이 생각해 낼 정도로 쉬운 일이라면 지금까지 경찰에 붙잡힌 살인자들은 그냥 바보 멍청이인가? 하지만 소년은 그날부터 완벽한 살인을 위해 밤을 새우기 시작한다. 정말로 하면 안 되는 짓인 것을 알고 있지만, 이미 악마 같은 생각이 소년을 집어삼켰다.

소년은 침대에서 일어나 시험 기간에도 앉지 않았던 책상 앞에 앉았다. 유치한 낙서만 잔뜩 그려진 공책을 꺼내고 책상 위에 굴러

다니는 연필을 잡아 완벽한 살인을 위한 계획을 만들기 시작했다. 여러 살인사건의 뉴스와 정보를 찾아보았다. 경찰의 수사법을 공부하고 심리학을 공부했다. 서점에 가서 책을 사 읽었다. 장기 미제 사건의 범인이 왜 체포되었는지, 연쇄살인마가 경찰에 어떤 실마리를 주었는지 모두 찾아보았다. 의학을 공부하고 도축법도 공부했다. 특수부대에서 사용하는 교살법과 여러 살인 기술을 이상한 인터넷 사이트에서 배웠다. 혹시 모르는 육탄전을 위해 체육관을 등록해 격투기를 배웠다. 그리고 헬스도 시작하고 체력을 단련을 위해 매일 달리기도 하였다.

소년은 학교에서 배우는 국어, 영어, 수학을 포함한 모든 공부를 포기했다. 항상 완벽한 살인을 위한 공식을 머릿속으로 만들며 잠자리에 들었다. 하교 후에는 운동을 하고 책을 읽고 살인을 생각했다. 밥 먹을 때도 살인에 대한 생각을 멈추지 않았다. 화장실에서도 잠이 들기 직전에도 말이다. 그렇게 1년이라는 시간이 흘렀다. 당연히 학교 성적은 바닥을 기었고 친구 또한 없었다. 하지만 어느 정도 살인에 대한 공식의 틀이 잡히기 시작했다. 근육이 붙어 덩치도 커졌고 격투기가 몸에 스며들어 이제는 일반인과 싸워서 무조건 이길 수 있었다. 그러나 아직 완벽하기에는 모든 게 부족했다.

다시 벚꽃이 피었다. 따스한 봄바람이 불 때 소년은 이제 밖으로 나가 실전 경험을 쌓기 시작했다. 증거 인멸 방법과 여러 카메라의 구도 파악, 촬영 각도를 공부했다. 사람 하나를 순간적으로 분석하는 방법은 의도하지 않게 터득했다. 또 사람을 빠르게 분석하기 위해서는 여러 공부가 필요했다. 공부의 끝은 또 다른 공부의 시작이었고 학교 공부를 제외한, 세상의 모든 것을 깨우칠 듯 공부만 했다. 그렇게 또 1년의 시간이 흘렀고 소년은 고등학교에 입학했다. 그리고 드디어 완벽한 살인의 공식이 만들어졌다. 이론상으로 한 치의 오차도 없이 완벽했다. 이제는 계획 실행, 실전만이 남았다. 마지막으로 살인에 대상자만 정해지면 되는 것이었다.

고등학생이 된 소년은 오늘 처음으로 학교에서 잠을 자지 않았다. 아침 등교부터 3교시가 끝나기 직전인 지금까지 초롱초롱한 눈빛으로 책상에 앉아 있다. 학생들과 선생님들을 한 명씩 살펴보며 살인의 대상자를 선별하고 있다. 점심시간이 지나고 마지막 교시의 마무리 종까지 쳤지만, 아직도 대상자를 정하지 못했다. 그때 종례 시간 교실에 들어온 담임 선생님이 눈에 꽂혔다. 중년의 여자 선생님이었다. 소년의 위대한 계획에 첫 대상은 담임 선생님으로 정해졌다. 소년이 담임 선생님을 첫 번째 살인의 대상자로 선택한 이유는 딱히 없었다. 여자거나 선생님이거나 중년이거나 하는 이유는 아니다. 그냥 가장 마지막에 눈에 띄었을 뿐이다. 운이 좋지 않았다는 말이다.

소년은 그날부터 다시 밤을 새웠다. 담임 선생님을 미행해 집 주소를 알아냈다. 그 동네의 길을 전부 외우고 CCTV와 주변 카메라를 전부 파악했다. 그 사이 선생님의 모든 것을 알 수 있었다. 결혼은 하지 않았고 애인도 없으며 무의식적으로 나오는 사소한 습관부터 아토피 때문에 바르는 약이 어떤 약인지 그리고 그 약이 이제 반쯤 남았다는 사실까지 말이다. 어떻게 선생님을 죽일지 상세하게 계획하고 시신은 어떻게 들고 나올 것이며 증거와 시신을 어디서 어떻게 처리할 것인지 그리고 혹시 경찰에게 걸렸을 때를 대비한 알리바이까지 전부 만들었다. 2개월, 총 2개월이라는 시간을 살인의 계획을 만드는 데 사용했다. 정말로 완벽했다. 그렇게 소년은 처음으로 사람을 죽이게 된다. 서툴렀지만, 나름 계획대로 잘되었고 완벽하게 사람을 죽였다.

소년은 살인을 끝내고 집에 도착한다. 그리고 사람 눈에 들킨 바퀴벌레마냥 후다닥 자신의 방으로 들어간다. 소년은 발가벗겨져 북극에 던져진 것처럼 온몸을 떨고 있다. 숨은 불규칙적으로 가늘게 쉬어진다. 가끔은 숨이 벅차오르고 멈추기까지 한다. 머리가 어지럽고 토할 것 같다. 하지만 소년은 이를 악물고 눈물이 흐르는 눈을 감는다. 그리고 지금 사람을 죽인 자신의 감정을 느껴본다.

쾌락?

행복?

기쁨?

아니, 소년은 그 어떠한 좋은 감정을 느끼지 못한다. 기괴한 공포와 자신이 사람을 죽였다는 죄책감, 그리고 경찰이 곧 잡으러 올 것이라는 극도의 불안감. 소년은 눈을 뜨고 흘러나오는 눈물을 바닥에 흘린다. 무릎을 꿇고 고개를 푹 숙인다. 그리고 죽어버린 선생님에게 통곡하며 사과한다. 그러나 이미 늦은 일이었다.

소년은 다음날 학교에 가지 못했다. 갑작스럽게 몸살감기가 찾아왔기 때문이다. 소년은 병원에 갔고 약을 먹으니 빠르게 건강이 회복되었다. 그리고 다시 학교에 갔을 때 담임 선생님은 보이지 않았다. 당연하다 선생님은 죽었다. 정확히는 소년이 선생님을 죽였다. 절대로 선생님의 시체를 찾지 못한다. 물론 범인도 찾지 못한다. 아니, 누군가 선생님을 죽였다는 것도 알지 못한다. 절대로! 물론 아직 이론적이기는 했다. 그 이후 학교에 경찰들이 찾아왔지만, 별 소득 없이 떠났다. 선생님은 실종 처리되었으며 모든 게 끝이 났다.

"엄청난 빚이 있어 야반도주를 했다."

"교장 선생님과 바람을 피우다 걸려 해외로 도망갔다."

"중국으로 납치되었다."

"갑자기 증발했다."

학교에는 이상한 헛소문이 돌기 시작했지만, 몇 달 지나지 않아 선생님은 모두의 기억 속에서 사라졌다. 물론 소년의 기억은 제외

하고 말이다. 소년은 자신이 발견한 완벽한 살인의 공식을 영원히 묻기로 했다. 절대로 무슨 일이 있어도 다시는 사용하지 않겠다고 푸르른 하늘을 보며 다짐했다. 그냥 철없는 사춘기 시절의 추억으로 남기기에는… 조금 그렇지만, 어쨌든 시간이 흐르고 소년도 모든 걸 잊고 살아갔다.

2. 고립

나는 외진 건물 2층에 있는 오래된 바로 가고 있다. 인터넷에 올라와 있지도 않고 몇몇 단골손님을 빼면 찾는 사람도 없는 나만의 아지트 같은 곳이다. 바가 있는 건물 앞에 도착해 터덜터덜 무거운 걸음으로 계단을 오른다. 항상 그랬듯이 이번 주 일이 힘들었다.

바의 유리문 앞에 도착하고 종이 울리는 딸랑 소리와 함께 안으로 들어간다. 오늘도 이곳에 손님은 없다. 늙은 바텐더 한 명이 바 테이블 안에 앉아서 구닥다리 재즈를 이제 막 틀었다. 분위기는 나쁘지 않은 재즈다. 하지만 너무 많이 들었던 곡이라 질린 지 오래였고 곡에서 느껴지는 별 특별한 맛도 없다.

설명은 필요 없겠지만, 나는 이 인기 없고 낡은 재즈 바의 단골손님 중 한 명이다. 어쩌면 진짜 나 혼자 이곳을 찾는 유일한 손님일 수도 있다. 성인이 되고 남아있는 유일한 취미는 이 재즈 바에 와서 위스키 한잔을 하는 것이다. 물론 다음날 일이 없는 금요일이나 토요일에 간다. 주머니 사정이 좋지 않아 위스키는 항상 싼 것으로 즐기는 편이다. 같이 어울릴 안주를 주문할 여유도 없다. 그래도 굳이 이 낡은 바를 찾는 이유는 그냥? 뭔가 말로는 설명하기 힘든 이유다.

나는 늙은 바텐더와 약간 거리가 떨어진 바 의자에 앉는다. 둥그런 가죽 의자인데 끝부분이 닳아서 가죽이 갈라져 있다. 늙은 바텐더는 자연스럽게 나에게 다가와 얼음이 담긴 유리잔에 갈색 위스키를 담아 건넨다. 조니워커 레드라벨, 나에게 주어진 유일한 사치의 시간이다. 다른 사람이 보았을 때 어떻게 이 정도가 사치냐고 웃을 수도 있겠지만, 나에게 위스키라는 술 자체가 엄청난 사치다.

나는 멋 부리지 않고 위스키가 든 술잔을 들어 입에 댄다. 위스키를 전문적으로 즐기는 편도 아니기에 위스키의 향을 맡거나 오랫동안 입에 머금지 않고 빠르게 술을 삼킨다. 지나치게 역한 쓴맛에 얼굴을 찡그린다. 콧속에서 올라오는 알싸한 알코올 향과 술이 지나간 가슴속이 뜨겁게 느껴진다. 그래도 잔을 서서히 돌리며 달그락거리는 얼음 소리와 함께 잔을 내려놓는다. 몇 년째 위스키를 입에 대지만, 아직도 맛에 적응하지 못했다.

내 나이는 이제 27을 지나고 있다.

"하….."

갑자기 나이 이야기를 하자니 한숨이 나온다. 어쨌든 중학교 때 이상한 일에 빠져 공부를 완전히 내려놓았다. 그러니 고등학교에 가서도 정신을 차리지 못하고 그 이상한 일에 1년을 더 바쳤다. 2

학년 때는 모든 걸 잊고 학교 수업을 들으려고 했다. 하지만 수업이 이해 될 리가 없었다. 당연히 성적은 바닥을 기었고 그나마 영어는 읽을 수 있었지만, 내 삶에 크게 의미는 없었다. 대학은 진학하지 않았다. 정확히 말하자면 갈 수 있는 대학은 없었고 간다고 해도 의미 없이 돈만 내는 이상한 대학교뿐이었다. 흔히 있는 대학교 졸업장도 없고 잘하는 것도 없고 쓸만한 재능도 없었다. 그러니 고등학교를 졸업한 후 식당 아르바이트로 돈을 벌다 군대에 갔고 전역 후에는 서울로 올라가 지금까지 조립 공장에 다니고 있다. 어쩌면 내 인생은 실패한 인생일지도 모른다. 아니, 완벽하게 실패하고 한심한 인생이다. 미래도 없이 생각도 없이 그냥 매일같이 공장을 다니는 쳇바퀴 인생을 살고 있으니….

쓸쓸한 기분에 의미 없이 달그락거리는 얼음 소리를 내며 술잔에 담긴 위스키를 한입 더 마신다. 역시나 더럽게 맛은 없고 얼굴이 찡그려 지지만, 모든 것을 알고 마셨다. 항상 그랬던 것처럼.

늙은 바텐더는 내 앞으로 다가와 흥미로운 이야기를 하나 꺼내며 심심했던 이 순간을 채워준다. 그렇게 서로 이런저런 이야기를 꺼내고 나는 싸구려 위스키와 함께 재즈에 취하기 시작한다. 재즈의 부드럽고 낡은 맛이 위스키와 어우러지니 기분이 좋아진다. 이러한 분위기를 느끼려고 매주 이 낡은 바를 찾는다. 이것도 중독이다. 위스키와 재즈는 끊을 수 없는 치명적인 중독성을 가지고 있다.

나는 갑자기 간지럽지도 않은 얼굴을 긁는다. 이제 어느 정도 취기가 올라왔다는 뜻이다. 벌써 술은 3잔째 비웠다. 뜨거운 숨을 내쉬며 속에서 끓고 있는 알코올을 조금씩 내보내고 있다. 오늘따라 몸에서 술을 받지 않는다. 술이 위를 마구 긁어내듯 속이 따갑다. 자리에서 일어나 살짝 비틀거리는 걸음으로 화장실로 향한다. 그리고 소변과 함께 숨을 내쉬며 인생을 한탄한다.

'중학교 때 포기한 공부, 공부를 조금이라도 했다면 지금 내 인생이 달라졌을까? 매일 수학 문제를 하나씩만 풀었다면, 쓸데없는 책 말고 교과서를 한 줄이라도 읽었다면, 뭔가 인생이 달라졌을까?'

나는 고개를 젓는다. 해봤자 금방 포기했을 거고 뭐, 했을 리도 없다.

'그럼 운동이라도?'

나는 중학교 때 종합 격투기와 헬스를 했었다. 하지만 내 미래를 맡길 만큼 운동에 재능이 보이지 않았다.

'아니면 그때 투자라도 했으면 큰돈을 만졌을 텐데, 리듬 코인인가 뭔가를 그때 100만 원이라도 아니, 10만 원만 투자했어도…. 그럼 대학도 필요 없고 지금처럼 공장에도 다닐 필요 없는데, 좋은 바에서 좀 더 비싼 술과 안주까지 시켜서 먹었을 거라고'

나는 어느새 누런 때가 낀 화장실 벽에 머리를 기대며 끊이질 않는 한숨을 내쉬고 있다. 술 때문에 기분이 좋아지기는커녕 시궁창 같은 현실만 잘 느껴질 뿐이다.

나는 찝찝한 볼일을 끝내고 아까 앉았던 자리에 앉는다. 아직도 반이나 남은 너무나 맛없는 위스키 그리고 주변에 보이는 강렬한 붉은색. 그 불타오르는 붉은색을 향해 눈을 돌린다. 그리고 눈에 들어오는 한 여성. 약간의 웨이브를 보이는 검은색 긴 머리, 연한 화장 그리고 말도 안 되게 아름다운 미모. 눈에 힘을 주고 제대로 보니 고급스러워 보이는 붉은 원피스와 두꺼운 하얀색 명품 벨트가 보인다. 그리고 목걸이와 반지. 그러나 나는 그 여성에게 관심을 끄고 남은 위스키를 입에 털어 넣는다. 꿈이다. 환상 같은 요란한 꿈이다. 내 고개는 자연스럽게 바닥으로 떨어진다.

저 여성이 나에게 관심이 없을 거라는 확신이 든다. 당연하다. 절대로 내가 눈에 들어올 리가 없다. 저런 여성이 이런 낡은 바에 온 것부터가 이상하다. 나는 돈도 없고 멋진 직장도 없고 잘생기지도 않고 차도 없는데, 왜 나를 좋아하겠는가.

'왜 이런 생각을 하는 거지? 그냥 옆에 있을 뿐인데?'

그렇다 이게 다 술 때문이다. 술이 나를 변태 망상쟁이로 만들고 있다. 내가 생각한 말이 뭔 말인지도 모르겠고 기분은 더욱 안 좋아진다. 취기에 흘러나오는 한숨으로 고개를 들어 자리에서 일어난다. 흐릿하게 보이는 늙은 바텐더에게 술값을 계산하고 은근

슬쩍 그 여성을 본다. 정말로 말도 안 되게 아름답지만, 바로 눈을 떼고 이곳을 떠난다. 나랑은 결이 다른 사람이다. 아예 관심을 두지 않는 게 맞다. 나는 변태 망상쟁이가 아니다.

다시 터벅터벅 계단을 내려와 나온 늦은 시간에 골목. 지금 초점도 제대로 잡히지 않는 것을 보니 오늘따라 많이 취했다. 술을 별로 마시지도 않았는데 말이다. 기분 좋게 취해 어깨동무를 하고 지나가는 양복쟁이들, 서로 부둥켜안고 낯부끄러운 짓을 하는 젊은 남녀, 아직도 차들이 뒤엉켜 북적거리는 서울의 도로, 기분 나쁘게 반짝거리는 별들까지. 모든 게 다 마음에 들지 않는다.

"왜 다들 행복한 건데! 왜 나만 불행한 거냐고!!"

나는 바람을 맞은 종이 인형처럼 비틀거리는 걸음과 함께 허공에 욕설을 마구 뱉는다. 소리를 지른 이유는 없다. 그냥 기분이 계속 안 좋아지고 있다. 발길은 알아서 하찮은 집으로 향한다. 자고 일어나면 술이 깨고 머리가 아플 것이다. 방금 내가 소리 지른 말을 창피해 할 것이다. 그리고 의미 없이 주말을 보내고 또 공장에 가서 일을 해야 한다. 아직 젊은 나이지만, 야망이나 낭만은 없다. 그런 것을 버리기는커녕 가져본 적도 없다.

"나중에 나이 먹어서 뭐 하냐…."

나는 잠시 쉬기 위해 남의 집 대문 앞에 대충 엉덩이를 붙이고 다시 한탄을 내뱉는다. 말끝에는 많은 생각이 이어간다. 나이 40

을 먹어서 결혼도 못 하고 계속 공장을 다니는 내 미래가 보인다. 다른 일을 찾아봤자 거기서 거기인 게 보인다. 몸에 아프지 않은 곳이 없고 아직도 술에 취해 한탄을 내뱉고 있는 내 미래가 보인다. 하지만 이러한 암울한 생각 속에서 내가 깨닫는 건? 인생의 교훈? 엄청난 사업 아이템? 로또 1등 번호? 끓어오르는 야망과 열정? 그냥 내 인생이 밤하늘처럼 어둡다는 걸 알 수 있다. 고개는 계속 힘없이 꼬꾸라지고 속은 부담스럽게 울렁거린다. 그 자리에서 30분 정도 졸다가 겨우 몸을 일으키고 다시 비틀거리며 집으로 향한다.

드디어 집에 도착했다. 나는 뱀이 허물을 벗듯 옷을 벗는다. 입고 있는 티셔츠를 벗는 것도 힘든 싸움을 해야 할 정도로 잔뜩 취했다. 벗은 티셔츠는 대충 어딘가 던져 놓고 바지는 발목에 걸어 화장실 앞에서 발로 차 날려버린다. 그리고 속옷을 허벅지에 걸치고 소변을 보며 꾸벅꾸벅 존다.

변기에 더럽게 튀는 소변이 보인다. 하지만 더욱 올라온 취기 때문에 소변을 치울 정신이 없이 그냥 고개만 끄덕인다. 볼일을 마치고 화장실 밖으로 몇 발자국 나가지 못해 바닥에 엎어진다. 다행히 원룸이라 화장실 앞에 엎어져도 바닥에 깔린 매트리스가 코앞이다. 하지만 매트리스 위에 오르지 못하고 그대로 바닥에서 팔을 뻗은 채 잠에 든다.

바싹 말라 버린 입속의 불쾌감과 알 수 없는 목의 통증을 이기지 못하고 잠에서 깨어난다. 목이 매트리스에 기대어 죽은 닭처럼 꺾여 있다. 고통의 신음과 함께 목을 천천히 매트리스에서 뗀다. 얼마나 이상한 자세로 잤는지 목이 반대쪽으로 움직여지지 않는다. 분명 바닥에서 정신을 잃었는데 도대체 어떻게 된 일인지 모르겠다. 다시 느껴지는 텁텁한 입속, 당장이라도 부서질 듯 바싹 말라 있다.

나는 전기 충격이라도 맞은 듯 부스스한 머리로 매트리스 위에 앉아 숙취에 찌든 숨을 힘들게 내쉰다. 손만 뻗으면 닿는 거리에 편의점에서 산 1.5L 물이 있다. 물병을 들고 물을 마시려고 해도 뻣뻣하게 굳은 목 때문에 고개가 뒤로 젖혀지지 않는다. 어쩔 수 없이 물을 줄줄 흘리며 마신다. 그리고 점차 돌아오는 정신, 더욱 선명하게 느껴지는 목의 고통, 슬슬 올라오는 두통, 몸이 녹은 것처럼 느껴지는 숙취까지. 죽을 듯한 표정을 지으며 의미 없이 머리를 긁는다.

지금 나는 매트리스에 누워 1시간 정도 핸드폰만 만지고 있다. 숙취는 금세 가라앉았지만, 이놈의 목이 문제다. 시간은 이제 오전 11시, 배가 고프니 아픈 몸을 이끌고 밖으로 나가 햄버거를 사 온다. 나는 숙취 해소를 해장국이나 라면보다는 기름진 햄버거로 하는 편이다. 20살 때 잡힌 이상한 습관이다.

포장해온 햄버거와 감자튀김을 다 먹었다. 콜라에 담긴 얼음을 입에 넣고 쓸데없이 핸드폰을 만진다. 그리고 다시 시작된 의미 없는 시간 때우기. 원룸에 TV는 없고 싸구려 컴퓨터도 없다. 그냥 매트리스에 누워서 멍하니 핸드폰을 하다 화장실 가고를 반복할 뿐이다. 일주일 동안 밀린 빨래는 어제 퇴근하자마자 다 해놓았으니 정말로 할 일이 없다. 시간은 또 금세 흐르고 해가 지기 시작한다. 배가 고프니 집 앞 편의점에서 도시락을 사서 먹는다. 그리고 다시 매트리스에 누워 핸드폰만 보며 한심한 시간 때우기를 시작한다. 달이 뜨고 잘 시간이 되자 잠자리에 든다. 이것이 4년째 지속된 나의 주말 일정이다.

듣기 싫은 모닝콜이 끈질기게 나를 잠에서 깨운다. 시간은 오전 5시 30분. 피곤이 누르는 몸을 겨우 일으키고 어스름한 집 안을 걸어 화장실로 향한다. 양치와 동시에 몸을 씻고 공장으로 간다.

회색빛에 칙칙한 공장. 나는 옷을 작업복으로 갈아입는다. 의미 없는 지루한 안전 교육을 듣고 일을 시작한다. 사실 공장은 꽤나 화목하다. 사람들도 나름 착하고 재미있다. 그냥 내가 이유 없이 공장을 싫어하는 것뿐이다.

힘들고 지루한 평일도 빠르게 지나가고 일주일 동안 밀린 빨래도 끝낸 토요일 늦은 오후. 오늘따라 지친 걸음으로 낡은 바를 향해 걷는다. 이번 주는 굉장히 힘들었다. 알바 개념으로 들어온 한 대학생이 기계 고장을 일으키고 나 몰라라 도망갔다. 당연히 그로 인해 많은 일이 연달아 꼬여 쭉 밀리게 되었다. 계약된 상품의 납품 만기 기간까지 겹쳐 하루도 일을 쉬지 않고 야근까지 전부 뛰며, 오늘 오전에도 일을 나갔다. 물론 야근과 주말의 출근은 나의 선택이었고 이번 달 월급이 저번 달보다 두 배는 넘게 들어오겠지만, 그건 그거고 힘든 건 힘든 거였다.

늪처럼 발이 푹푹 빠지는 계단을 오른다. 그리고 도착한 바의 유리문, 왼쪽 문의 경첩이 어긋나 제대로 닫혀 있지 않은 문에서 잔잔하게 새어 나오는 재즈, 그 재즈를 듣자마자 곡의 제목을 조용히 속삭이며 힘없이 문을 열고 들어간다.

항상 갈색 조끼에 낡은 양복 차림으로 심심하게 서 있는 늙은 바텐더. 손님은 없을 거라 생각했지만, 누군가 바 앞에 앉아 있다. 저번 주에 봤던 빨간 드레스의 여성이다. 오늘은 청바지에 하얀색 와이셔츠, 뒤통수에는 빳빳한 동그란 공을 달고 있다. 그리고 얼음이 담긴 잔에 위스키, 양을 보아하니 아직 한 입도 마시지 않았지만, 컵 면에 맺힌 물방울을 보면 술이 담긴 지는 오래되었다.

내 눈이 자석처럼 아름다운 여성의 미모에 붙는다. 그러나 금세 떼어낸다. 더 이상의 관심은 갖지 않는다. 최대한 여성과 멀리 떨어져 있는 바의 구석 자리에 앉는다. 그리고 언제나 마시는 조니워커 레드라벨. 바텐더는 내 앞에 얼음들이 춤을 추는 위스키 잔을 건네며 이런저런 이야기를 꺼낸다. 실없고 건조한 짧은 말이 서로 왔다 갔다 한다. 몇 마디 더 나누고 늙은 바텐더는 자리를 떠난다.

나는 위스키 한잔을 전부 입에 때려 넣고 입에 얼음을 잔뜩 머금은 채 술 한 잔을 더 주문한다. 그리고 자리에서 일어나 화장실로 간다. 화장실로 가는 발걸음 사이에서 느껴지는 아름다운 여성의 향수 냄새, 살짝 보이는 분홍색 네일아트, 매니큐어의 광도나 색깔을 보니 굉장히 값비싼 것이다. 목걸이도 보인다. 얇은 은색 체인, 이탈리아 명품 브랜드. 1초도 안 되는 그 짧은 순간에 알아낼 수 있는 간단한 정보다. 뭐, 중요한 것은 아니니 걸음을 멈추지 않고 화장실로 향한다.

나는 소변기에 머금고 있는 얼음을 뱉고 볼일을 본다. 볼일을 끝내고 세면대에서 손을 씻는다. 취기는 아직 올라오지 않았고 오늘따라 술이 역겨울 정도로 쓰지도 않다. 머릿속에 드는 생각은 없다. 몸의 관절이 삐걱거릴 뿐 나를 괴롭히던 무거운 피곤함도 사라졌다. 잠시 멍을 때리며 흐르는 물에 손을 담근다. 하지만 곧 정신을 차리고 물이 묻은 손을 털며 다시 자리로 간다.

아까 앉았던 자리에 도착하니 내 자리 옆에 놓인 위스키 잔이 보인다. 얼음은 녹아 있고 위스키는 반쯤 담겨있다. 연하게 묻어있는 분홍색 립스틱, 아까 맡았던 향수 냄새가 은연중 퍼져있다. 바로 아름다운 여성이 내 옆으로 자리를 옮겼다는 결론이 나온다. 그리고 그런 나의 생각이 옳다고 알려주듯 바텐더가 내게 다가와 그 여성이 자리를 옮겼으니 잘해보라고 낡은 웃음을 날린다. 근데 딱히 기분은 좋지 않다. 대충 고개를 끄덕이며 낡은 웃음에 답하고 의자에 앉는다.

분명 그 여성이 나를 마음에 들어 할 거라고 생각하지 않는다. 이상한 의도가 있어서 내게 접근하는 거다. 확실하다. 정확하게 말하자면 사기꾼? 속어로 꽃뱀 같은 거 말이다. 나에게 뭘 뜯어 먹을 게 있다고 접근하는지는 모르겠다. 하지만 그녀가 어떤 유혹을 하더라도 넘어가지 않겠다는 다짐을 하며 술 한 모금을 긴장된 입속에 넣는다.

얼마 있지 않아 그 여성이 왔다. 그녀도 화장실을 다녀온 것처럼 보였고 쓸데없는 걸음 없이 내 옆에 앉는다. 막상 아름다운 여성이 바로 옆에 앉으니 생각했던 것과는 다른 압도적인 긴장감이 나를 덮는다. 마침 타이밍 나쁘게 취기까지 올라와 견고했던 이성이 흐물흐물하게 위스키 속으로 잠긴다.

"안녕하세요."

여성은 고개를 내 쪽으로 돌리고 시원한 미소와 함께 인사를 건넨다.

"예."

나는 무뚝뚝하게 한마디로 답한다. 그녀를 경계해서 말을 짧게 내뱉는 것도 있지만, 긴장되는 마음에 그런 게 크다. 지금 그녀와 대화를 이어가고 싶다는 생각이 없다. 그녀의 머릿속에는 내 밥풀 쪼가리 하나라도 빼먹을 계획으로 가득 차 있을 거다. 하지만 내 강인한 생각대로 상황은 흘러가지 않았고 하기 싫은 그녀와의 대화를 이어간다.

계속해서 단답형으로 대화를 끊으려고 시도를 했으나 그녀의 말솜씨가 장난이 아니다. 대화가 끊겼다고 해도 바로 비슷한 주제로 넘어가 대화를 이어갔고 한번 이야기를 이어가면 끊을 수 없을 정도로 말이 굉장히 유려했다. 이야기는 물로 갔다 산으로 갔다 하늘로 가며 이리저리 튀었지만, 그렇게 분산되지는 않았고 오히려 점점 깊어지며 빠져나오기 어려워지고 있다. 그럴수록 나의 의심은 커져만 갈 뿐이다. 단 두 번의 만남? 아니, 그냥 같이 있었던 것만으로 나에게 이런 관심을 쏟을 이유는 없다.

어쩔 수 없이 그녀와 어색한 대화를 계속 이어간다. 그녀는 자신의 이름을 박하윤이라고 소개한다. 그리고 이제 막 패션 모델계에 발을 들였고 아직 유명하지는 않다며 재치 있게 웃으며 말한다. 나는 그녀가 모델을 하든 무엇을 하든 내 알 바가 아니다. 무엇보다 나는 그녀에게 관심이 없다. 그런 것을 증명하듯 나는 지금 조립 공장에서 일하며 근근이 먹고 살고 미래도 없고 잘하는 것도 없다며 처참한 사실에 더욱 추함을 덧붙여 소개한다. 하지만 박하윤,

그녀는 신경 쓰지 않는 것 같다.

이야기는 계속 이어간다. 거기서 몇 마디 더 주고받다가 나는 그냥 자리에서 일어난다. 이렇게 가다가는 한평생이 지나도 이야기가 끊기지 않을 것 같았기 때문이다. 갑자기 말도 없이 자리에서 일어나 나가는 것이 예의가 없는 것은 안다. 그렇기에 그냥 일어난 것이다.

지루하게 서 있는 바텐더 앞에 술값을 둔다. 그리고 뒤도 돌아보지 않고 바를 나온다. 오늘 너무나 마음에 드는 재즈들이 줄줄이 흘러나왔고 아직 제대로 취하지도 않아 아쉬운 마음에 발걸음이 잘 떨어지지 않는다. 하지만 그냥 떠난다. 박하윤이라는 여자가 너무 부담스럽기도 하고 더 이상 가까워진다면 위험할 것 같은 느낌이 강렬하게 들었다.

뭔가 찝찝한 취기와 함께 집에 도착해 몸을 씻는다. 집에 도착하기 전 편의점에서 술 하나 살까 고민도 했지만, 오늘은 그냥 조용히 밤을 보내기로 마음을 먹었다. 몸을 씻고 젖은 머리를 손으로 털며 매트리스에 앉아 핸드폰을 만지작거린다. 그렇게 의미 없이 시간을 보내다가 젖은 머리가 거의 말랐을 때쯤 매트리스 위에 누워 잘 준비를 한다. 화면이 꺼진 핸드폰을 머리 옆에 두고 잠시 어두운 천장을 본다. 박하윤, 그녀의 얼굴이 몽롱하게 생각나지만, 이내 눈을 감고 외로운 어둠 속에서 잠이 든다.

다음 주도 변함없이 공장으로 향한다. 칙칙한 회색빛과 등록금을 벌기 위해 온 학생들, 직업으로 삼는 아줌마, 아저씨들이 보인다. 나는 담배도 커피도 하지 않으니 안전구호를 힘없이 외치고 바로 작업장으로 들어간다. 일은 빠듯하게 밀려 들어오고 피곤하지만, 매일 야근도 했다. 일주일 동안 인명사고나 기계 결함은 없었고 사람들과 관계 문제도 없었다. 다행히 큰일이 될 뻔한 납품 일은 잘 마무리가 되었다. 그렇게 찾아온 금요일 밤, 몸에는 피곤이 덕지덕지 붙어있다. 물때가 몇 개월째 닦이지 않은 유리문 그리고 딸랑거리는 종소리. 오늘 바에서 흘러나오는 재즈가 귀에 익지만, 곡의 제목은 전혀 알 수 없다. 처음이다. 그리고 이제는 없으면 서운할 것 같은 박하윤, 그녀가 바에 앉아 있다. 얇은 검은색 원피스, 그에 어울리는 얇은 목걸이. 광도를 보아하니 금이다. 그리고 프랑스 명품 귀걸이, 머리 스타일은 꾸밈없는 생머리.

나는 항상 앉던 바의 구석 자리에 앉는다. 그리고 위스키와 함께 내게 다가오는 바텐더, 위스키 두 잔을 빠르게 비우고 화장실에 갔다가 오니 내 옆에 붙어 앉은 박하윤. 서로 어색한 인사를 주고받는다. 저번 주에 자리를 박차고 나간 것에 대한 사과는 하지 않는다. 심지어 그렇게 무례한 짓을 당하고 아무렇지도 않게 내 옆에 붙는 것을 보니 진짜로 꽃뱀이라는 확신이 든다.

그녀는 나에게 안부를 물어보며 이야기를 시작한다. 언제나 놀라운 그녀의 말 기술, 나는 그녀에게 집중하기보다는 그녀의 말 기술에 집중해 습득한다. 언젠가는 분명히 쓸 데가 있을 기술이다. 하지만 오늘따라 빠르게 올라오는 취기, 그녀의 말이 꼬리를 살랑거리며 귀속으로 들어오기 시작한다. 이성적인 생각은 점점 작아지고 그녀와 눈을 마주치고 있다. 물 흐르듯 자연스럽게 흘러가는 이야기와 어느새 새어 나오는 웃음. 의심이라는 감정은 위스키 잔에 담긴 얼음과 함께 녹기 시작한다. 그리고 눈에 보이는 이것저것.

그녀의 네일아트 색깔이 변했다. 향수는 그전 그대로다. 그리고 반지. 유명 명품 브랜드의 반지가 약지에 끼워져 있다? 그것이 보이자 눈썹이 슬며시 위로 올라간다. 약지의 반지는 연인이 있다는 표시다.

'근데 왜…?'

아니, 그냥 신경 쓰지 말자. 어차피 그녀와 깊은 관계를 생각하는 것은 아니니까.

나는 그녀가 마음에 들어서 흑심을 품고 변태적으로 관찰한 것이 아니다. 옛날에 우연히 발견한 유일한 재능 아니, 절대로 금기시하는 기술이 술만 들어가면 자연스럽게 나온다. 아까 말은 안 했지만, 이미 그녀의 보폭과 사소한 손동작, 몸의 습관, 호흡 주기, 말투를 포함한 거의 모든 것을 알고 있다. 심지어 그녀가 키우는 고양이 두 마리의 종까지도 말이다. 좋지 못한 기억이 생각나는 옛날 습관, 어두웠던 청소년기, 나는 하면 안 될 짓을 저질렀었다. 점점 불편한 감정이 느껴진다.

기분은 한층 가라앉았지만, 알딸딸한 술기운으로 재즈의 선율 위에 올라타 자연스러운 대화를 계속 이어간다. 그리고 시간은 이상하도록 빠르게 흘러가고 이러면 안 되지만, 나는 그녀가 마음에 들기 시작한다. 알코올에 잠긴 무언가 꿈틀거린다. 그러나 정신을 잡을 수 없을 정도에 기분 좋은 취기가 모든 걸 집어삼킨다. 그렇게 오랫동안 이야기를 나누고 나와 그녀는 자리에서 일어나 서로 길을 떠난다.

집으로 가는 길이다. 그녀와 바에서 나와 또 다른 시간을 보내지 않았다는 아쉬운 감정이 느껴진다. 아니! 오히려 후회라는 감정이 더욱 크게 느껴진다. 좋은 재즈와 좋은 분위기에 취해 완전히 이성을 잃었었다. 손을 높이 들어 내 뺨을 때린다. 만약 그대로 그녀와 더 깊은 자리를 가졌다면 나는 지금쯤 성범죄자 취급을 받으며 피 같은 돈을 모두 빼앗겼을 수도 있다. 맞다! 다음에는 그녀와 어느 정도 거리를 둘 거라는 마음을 먹는다. 절대로 술과 함께 현혹되면 안 된다.

다음 주 그리고 그다음 주에도 그녀는 언제나 같은 시간 바에 있었고 나와 이야기를 나누었다. 하지만 나는 어느 정도 거리를 두었고 나의 착각일 수도 있지만, 그녀도 깊은 관계로 이어 나가는 것을 꺼리는 것 같았다. 내가 마음에 들지 않아서가 아니라 또 다른 이유가 있어 보였다. 약지에 있는 반지의 의미가 정확한 듯했다.

오늘은 꽤 튀는 재즈의 선율과 함께 그녀와 대화를 이어 나가고 있다. 그리고 밖에서 들리는 굉음. 스포츠카의 강력한 엔진 소리이다. 그녀는 그 소리를 듣자마자 이야기를 급하게 매듭짓고 바에서 나간다. 나는 딱히 신경 쓰지 않는다. 남의 일을 참견하는 편도 아니고 그냥… 아니다. 나는 확실하게 그녀에 대한 어떠한 것도 신경 쓰고 싶지 않다. 밖에 화난 남자친구가 있던 눈이 돌아간 남편이 있던 말이다.

그냥 자리에 홀로 남아 위스키 한잔을 더 마신다. 갑자기 쓰고 맛이 없다. 그리고 심심한 바텐더가 서비스로 넘겨준 뜨거운 감자튀김을 먹으며 그와 서먹한 이야기를 시작한다. 그냥 사람 사는 이야기, 어지러운 사회 이야기, 그런 거 말이다.

칙칙하고 건조한 이야기를 나누니 머리가 점점 기분 좋게 어지러워진다. 지루한 늙은 바텐더도 자리를 떠나고 톡톡 튀는 재즈가 끈적한 춤을 추며 귓속으로 들어온다. 쫙 빠진 양복을 입은 음표들이 하나씩 살아 움직이며 튀어 오르는 색소폰 소리 위에 오른다. 걸걸한 흑인 가수의 목소리, 피아노와 은은한 조명, 오랜만에 느껴지는 행복, 좋다. 기분이 좋다. 하지만 아까 들렸던 굉음의 자동차 엔진 소리는 다시 한번 더 들리지 않는다. 그 말은 아직 박하윤을 찾아온 누군가가 여길 떠나지 않았다는 뜻이다.

나는 비틀거리는 걸음으로 계단을 내려간다. 발을 잘못 디뎌 계단에서 구를 뻔했지만, 다행히 벽을 잘 짚어 넘어지지는 않았다. 약간 꺾인 발목의 통증이 술의 힘을 이기지 못하고 금세 사라진다. 은은한 불빛 아래 춤을 추던 재즈는 점점 멀어져 가고 거친 말소리가 들려온다. 여성과 남성이 큰소리를 지르며 싸우는 소리, 중간중간 욕설도 섞여 있다. 말투나 목소리 톤을 보아하니 여성은 박하윤아, 근데 너무 어지럽다. 싸우는 소리가 배배 꼬여 머릿속에서 맴돈다.

"시발, 저 새끼냐?"

내가 반쯤 눈이 감겨 1층 문을 열고 나오자 어떤 남성이 거친 욕설과 함께 잔뜩 화난 걸음으로 다가온다. 왁스를 묻혀 올린 머리와 찢어진 청바지 그리고 명품로고가 대문짝만하게 그려져 있는 반팔 티를 입고 있다. 내가 그의 화난 걸음을 인지하고 고개를 올리자 남성의 주먹이 얼굴 바로 앞에 와있었다. 나는 그 주먹에 맞고 그대로 넘어져 뒤에 쌓여있는 쓰레기 봉지 위에 몸을 맡긴다.

"야! 너 뭐 하는 새끼냐?"

남성은 잔뜩 화난 말을 내친다. 나는 대답을 위해 말을 뱉지만,

술도 잔뜩 먹었고 방금 주먹에 맞아 머리가 핑핑 돈다. 그러니 내가 뱉으려는 말이 그냥 웅얼거리며 입 밖으로 나간다.

'어…. 뭐지?'

이곳이 밤인지 낮인지, 내가 주먹에 맞은 건지 재빠른 새가 내 얼굴에 날아온 것인지 아무것도 모르겠다.

남성은 통통한 쓰레기 봉지 위에 앉아 있는 내 얼굴에 주먹을 날린다. 박하윤, 그녀가 비명을 지르며 다가오지만, 남성은 멈추지 않고 주먹을 날린다. 나는 몸도 움직이지 못하고 겨우 팔만 들어 올려 날아오는 주먹을 막아본다. 당연히 효과는 없었고 반격에 의미로 발길질을 했지만, 남성의 화를 더욱 돋울 뿐이다.

박하윤이 비명을 지르며 바닥에 나뒹군다. 그리고 또 주먹이 얼굴에 날아온다. 아프다. 입안에 느껴지는 비릿한 피 맛, 눈앞이 흐릿하고 빙빙 돈다. 다시 들리는 여성의 날카로운 비명 소리, 차의 문이 닫히는 소리, 귀가 따가울 정도로 폭발하는 자동차의 엔진 소리. 머리가 어지럽다. 몸 곳곳에 고통이 반짝거린다. 얼굴이 웅웅거리며 진동을 한다. 몸에 힘이 완전히 들어가지 않는다. 힘들게 거친 숨을 내쉰다. 속이 매스껍다. 토가 나올 것 같다. 눈이 떠지지 않는다.

시끄러운 소리가 그윽한 어둠을 헤치고 들려온다. 눈이 떠진다. 날은 어둡지만, 해가 뜨는 듯 조금은 밝다. 그리고 점점 선명하게 보이는 걱정 가득한 표정의 늙은 바텐더, 사이렌을 켠 하얀색 응급차. 나는 구급대원 2명의 부축을 받아 구급차에 오른다. 이제 막 가게를 정리한 바텐더가 쓰레기 더미 위에 피떡이 되어 쓰러져있는 나를 발견했고 바로 119에 신고를 한 것이었다.

삐용삐용거리는 시끄러운 응급차 소리가 깨질 것 같은 두통에 응원을 더한다. 나는 이동식 병상 위에 누워 고통을 흐느낀다. 살짝만 움직여도 온몸이 아프다. 입 주변에 말라 있는 피가 느껴진다. 그리고 화가 난다. 이유도 모르고 두들겨 맞았다는 게 첫 번째 이유, 맨정신이었으면 분명히 싸워서 이길 수 있었다는 게 두 번째 이유다. 반쯤 기억이 날아가 있지만, 그때의 상황을 떠올려 보며 그 남성을 봐본다. 남성의 의상, 얼굴, 목소리와 말투, 보폭과 신고 있었던 신발의 브랜드, 고급 스포츠카의 차종과 번호판까지 모두 기억이 난다.

살인.

갑작스럽겠지만, 나는 완벽하게 사람을 죽일 수 있다. 나를 이 지경으로 만든 남성의 사는 곳만 안다면 1달도 지나지 않아 죽일 수 있다. 남성은 죽었지만, 시신조차 찾지 못해 실종 처리가 되어 모두에 기억 속에서 잊힐 것이다. 하지만 곧바로 모든 생각을 내려놓고 포기한다. 사람이라면 하면 안 된다. 살인은 올바른 이치에 어긋나는 행동이다. 철이 없었던 사춘기 시절에 큰 실수를 했었으나 지금은 모든 잘못을 깨우치고 전부 잊었다. 그리고 취해있던 이성이 완전히 돌아오고 방금 내가 생각했던 살인에 대한 모든 생각을 깨끗이 지운다. 이제 분노 때문에 들어간 힘을 차분하게 놓아주고 느껴지는 고통을 온전히 받아들인다.

코뼈에 금이 갔다. 왼쪽 눈은 말벌에 쏘인 것처럼 팅팅 부어올랐고 이마는 찢어져 4바늘을 꿰맸다. 목은 돌아가지 않았고 목 디스크에 충격이 갔으며 불편하게 깁스까지 하게 됐다. 입술은 터졌지만, 다행히 이빨은 멀쩡했다. 의사는 다른 곳은 전부 가벼운 타박상이라 괜찮다고 말했다. 지금 내게 가장 아픈 곳을 물어본다면 병원비로 두 달 식비가 날아간 것이 가장 아프다.

나는 진단서를 받자마자 바로 경찰에 신고했다. 돈은 없어도 법은 있다. 공장에 나가지 못해 받지 못한 일당과 상당한 응급실 비용을 포함해서 합의금으로 돈을 뜯어낼 생각이다. 입은 옷이나 차를 보아하니 카푸어? 그런 양아치 부류 같은데, 세상 물정 모르는 어린놈들은 인생이 실전이라는 것을 알려줘야 한다.

신고를 받은 경찰이 바로 병원으로 왔고 조사를 하겠다는 말 뒤로는 별다른 연락이 없었다. 어쨌든 나는 입원은 하지 않고 병원을 나와 집에서 쉬었다. 첫날에는 혼자 일어날 수 없을 정도로 온몸이 부서질 듯 아팠지만, 며칠 누워서 가만히 지내다 보니 몸을 움직일 수 있었고 목에 깁스를 한 채 다시 공장으로 향했다.

갑작스러운 폭행을 당하고 몇 주가 지났다. 최근 들어 낡은 바에 가지 않아 인생의 살맛이 나지 않는다. 목에 깁스는 풀었고 얼굴에 살짝 멍 자국이 남아있는 것을 빼면 모두 멀쩡히 돌아왔다. 그리고 지금 나는 항상 피곤이 묻어있는 걸음으로 집을 향하고 있다. 내일도 일하러 가야 한다. 요즘 공장 일이 널널해졌지만, 그래도 힘들다. 아무 생각 없이 걷고 있다 눈에 보이는 스포츠카. 그때 바 앞에서 봤던 스포츠카다.

"야! 이 시발놈아. 경찰에 신고했더라?"

익숙한 목소리가 욕설과 함께 들여온다. 그때 나를 때린 남성이 어두운 골목에서 각목을 들고 걸어 나온다.

무섭다. 솔직히 무섭다. 하지만 싸워서 이길 자신이 있다. 거의 12년 전이기는 하지만, 종합 격투기를 1년 정도 배웠다. 헬스도 했었다. 아무리 각목을 들었다고 해도 일반인과 싸워서 질 거라는 생각은 들지 않는다.

남성이 내게 달려온다. 그리고 각목을 휘두른다. 나는 그 각목을 피하고 다리를 잡아 넘어트릴 생각으로 상체를 숙였지만, 몸이 뻣뻣하게 굳어 나의 행동이 너무 느리다. 그리고 각목은 내 뒤통수를 강하게 때린다. 나는 그대로 아스팔트 바닥에 엎어진다. 다시 날아오는 각목, 순간적으로 한 팔을 올려 얼굴을 막는다. 각목은 들어 올린 내 팔을 때리고 다시 올라가 빠르게 내려온다. 남성의 발이 배를 짓밟는다. 내가 억 하는 소리와 함께 숨을 멈추며 팔을 내려도 폭행은 계속된다. 술에 취하지도 않아 뼈가 부러지는 고통이 너무 잘 느껴진다. 그렇게 5분 정도 폭행이 이어갔다. 남성은 듣기 싫게 목을 긁어 내 얼굴에 침을 뱉고 차에 올라 떠난다.

응급실에서 나온 지 2주도 되지 않아서 타는 인생의 두 번째 응급차. 오른팔의 하박 뼈가 거의 두 동강이 났다. 어깨뼈도 부러졌다. 11번 갈비뼈의 금이 갔다. 시퍼런 멍과 함께 타박상이 온몸을 뒤덮었다. 경찰이 병원으로 왔고 나는 이런저런 상황 설명과 저번에도 신고했다고 말을 했으나 그들은 CCTV 영상을 확보하고 있다며 떠났다.

'왜 내 인생을 이렇게 꼬일까? 내가 뭘 잘못을 했는데.'

나는 이를 꽉 깨물며 부릅뜬 눈으로 병원 천장을 본다.

이 불행한 생각을 시작으로 남성의 해코지가 이게 끝이 아닐 거라는 생각이 든다. 다시 그 남성이 찾아와 나를 죽일 때까지 괴롭힐 거다. 아니면 정말 죽을 수도 있다. 그리고 한심한 경찰들도 마음에 들지 않는다. 또한 한 달 동안 야근까지 하며 번 돈이 모두 병원비로 나갔다. 끊이질 않는 한숨에서 다시 느껴지는 시궁창 같은 현실 그리고 분노. 분명 몸이 멀쩡한 상태에서 제대로 싸웠으면 내가 이겼을 거다. 아니, 그게 중요한 게 아니라.

"시발"

나는 도저히 그 새끼를 죽이지 않으면 안 될 것 같다. 어차피 걸리지도 않는데 괜찮다. 그래! 내가 죽는 것보다는 낫지. 그럼 마지막으로 한 번만.

"양아치 새끼, 너는 사람 잘못 건드렸어."

3. 나락

부러진 뼈 때문에 수술을 했고 1주일 정도 병원에 입원했다. 잘 지내고 있던 원룸은 다른 곳으로 옮겼다. 당연히 단골 바와 그리 멀지 않은 곳으로 말이다. 병원에서 퇴원하기 하루 전 경찰에게 연락이 왔다. 그 남성이 합의를 하자고 했다. 퇴원 이후 경찰서에 가보니 그 남성의 모습은 없었고 어떤 재수 없어 보이는 양복쟁이가 앉아 있었다. 그 양복쟁이는 남성의 변호사였다. 내가 변호사 앞에 걸음을 멈추자마자 그는 합의금으로 5,000만 원을 불렀다. 뒤이어 재판으로 가봤자 합의금과 벌금을 다 합쳐도 절대로 5,000만 원은 나오지 않으니 길게 생각할 필요도 없다고 말했다. 굉장히 재수가 없었으나 그 큰 금액을 거절할 이유는 더욱 없었다. 곧 보험금과 함께 합의금으로 엄청난 돈이 통장 잔고에 찍혔다. 그러나 이미 엎질러진 물이었다.

집으로 돌아와서 팔과 어깨에 깁스를 한 채 핸드폰으로 검색을 하기 시작한다. 박하윤, 그녀에 SNS를 찾아본다. 몇 분 찾지도 않아 그녀의 계정을 쉽게 찾을 수 있었고 그렇다면 나를 개처럼 팬 남성을 찾을 수 있다. 그의 이름은 김태수, 그리고 보니 이름을 지금 알았다. 그가 올린 사진을 보아하니 대충 사는 동네가 어딘지 나왔다. 놀라운 점은 그냥 철없는 양아치가 아니었다. 뉴스에도 크게 몇 번 오른 적 있는 현 대천 그룹 회장의 차남, 재벌 3세다. 건드려도 되나 싶지만, 걸리지 않을 건데 뭔 상관인가. 이제 몸이 낫기만을 기다리면 된다.

두 달이 지나고 어깨와 팔에 박혀있던 철핀 제거 수술을 받았다. 아직 무리한 행동은 할 수 없고 주기적으로 병원에 가서 치료도 받아야 한다. 공장일은 잠시 쉬고 있다. 그럼 이제 다른 일 시작하도록 하자.

김태수의 동네는 서울에서 연예인들이 사는 곳으로 유명한 동네다. 2일 정도 밤새 주차장을 돌아 그의 차가 있는 한 아파트를 발견했다. 그럼 김태수를 찾아내는 것은 쉽다.

그는 22층에 산다. 주변 CCTV와 차량 블랙박스를 전부 다 파악한다. 이 근처 차량들이 전부 고급 차들이라 후면, 옆면에도 블랙박스가 달려있어 꽤 복잡하다. 김태수는 혼자 산다. 키우고 있는 애완동물은 없고 차는 3대. 직장은 없다. 생활 패턴은 불규칙하지만, 괜찮다. 담배는 와일드77을 피우고 여자와 노는 것을 좋아한다. 습관적으로 오른쪽 어깨를 턴다. 그럼 이제 살인을 위한 진입로를 정하고 초기 계획을 만든다. 살해 이후 탈출로를 정하고 시체와 증거를 인멸할 장소와 방법을 만든다. 모든 계획이 완성되는데 24일, 그 이후 계획을 실행하는데 1일. 총 25일이 걸려 나는 김태수를 완벽하게 죽였다. 그의 시체는 아무도 찾지 못한다. 아니, 아무도 그가 살해당했다는 사실조차 모른다. 그냥 갑자기 하루아침에 사라진 것이다.

나는 다시 일상으로 돌아왔다. 내일부터 공장에 가야 한다. 사람을 죽였지만, 이번에는 커다란 죄책감이 느껴지지 않는다. 마음속에 불편한 감정이 남아있다. 그 불편한 감정도 통장에 찍힌 돈에 완전히 사라진다. 이제 한동안 빡세게 근무를 하지 않아도 된다.

그 주 주말에는 그토록 궁금했던 조니워커 블루라벨의 맛도 알 수 있었다. 늙은 바텐더가 그리 환히 웃는 것은 처음 봤다. 안주와 함께 술을 즐길 수 있었고 원룸에 작은 TV가 들어왔다. 하지만 영원할 거라고 생각했던 돈이 들고 온 행복은 짧은 순간으로 지나갔다.

금세 공장의 때가 몸에 묻어갔다. 5,000만 원이 큰돈이라고 생각했지만, 그렇게 큰돈도 아니었고 함부로 쓸 정도는 더더욱 아니었다. 언젠가부터 그 돈은 액자 속에 있는 그림처럼 바라만 볼 뿐이었다. 술은 싸구려로 돌아갔고 같이 어울리던 안주도 없어졌다. 다친 몸이 나아져 갈수록 피곤이 쌓여만 갔다. 다시 내일이 보이지 않는 일이 반복되고 주말에 낡은 바에 갈 뿐이었다.

어느 날 공장에 경찰이 찾아왔다. 김태수 때문이었다. 그가 실종 상태라고 나에게 말하며 유력 용의자로서 경찰서에 가서 조사를 받아야 한다고 했다. 순간 덜컥 겁이 났지만, 전부 예상했었다. 이미 완벽한 알리바이까지 있고 영상을 포함한 그 어떠한 증거가 하나도 남아있지 않은데 어찌 나를 체포할 것인가? 당연히 형사들은 나와 몇 마디 나누고 금세 풀어줬다. 정황상 용의자였지 별다른 것은 없었다. 당연하다. 나는 완벽하니까. 다음부터는 나와 관련된… 아니, 다음은 없다. 절대로 사람을 죽이면 안 된다.

시간이 흘렀다. 이제 어깨도 자연스럽게 돌아간다. 팔을 머리 위로 들어 올릴 때 느껴지던 시큰한 통증도 완전히 사라졌다. 의사는 이제 무거운 것을 들어도 괜찮다고 말했다. 매주 받던 물리치료도 필요하면 받으라고 했다. 병원에서 나오고 곧바로 집으로 향해 빠르게 몸을 씻는다. 오늘은 금요일, 아까 퇴근하고 빨래까지 끝냈으니 드디어 낡은 바로 갈 시간이다.

화장실에서 나와 몸을 닦고 머리를 말린다. 옷을 갈아입고 낡은 재즈바로 발길을 옮긴다. 딸랑거리는 종소리를 타고 들려오는 구닥다리 재즈, 역시나 없는 손님과 심심한 늙은 바텐더. 항상 내가 앉던 구석 자리에 앉는다. 늙은 바텐더는 몇 주 전부터 박하윤, 그녀가 바에 오지 않는다고 말한다. 뒤이어 다시 이곳의 분위기가 우중충해졌다는 이상한 농담을 던진다. 하지만 왠지 모르게 저 이상한 농담에 웃음이 새어 나온다.

잔에 담긴 싸구려 술이 내 앞에 미끄러지며 다가온다. 그리고 늙은 바텐더와 이야기를 나눈다. 그때 어떻게 된 것인지부터 시작해서 몸은 괜찮은지? 병원비는 얼마나 나온 건지? 합의금은 받았는지, 받았다면 얼마를 받았는지 물어본다. 나는 대답도 할 겸 박하운에게 배운 말 기술을 조금씩 사용해본다. 그러니 처음으로 바텐더와 대화가 잘 풀려간다. 나와 함께 늙은 바텐더는 웃음을 터트린다. 술 한잔을 비우고 새롭게 술을 채운다. 바텐더는 방금 튀긴 감자튀김을 들고 와 내 앞에 엉덩이를 붙인다. 시간은 간다. 똑같이 화장실에 가고 한숨을 쉰다. 갑작스럽게 몰려오는 우울한 감정과 또 사람을 죽였다는 죄책감에 인생을 한탄하고 바를 나온다. 다시 모르는 사람의 집 대문 앞에 주저앉아 하늘을 본다. 기분 나쁘게 반짝이는 별, 어깨동무를 하고 취한 양복쟁이, 꼴 보기 싫은 젊은 남녀, 길고양이….

꾸벅꾸벅 졸다 몸을 일으켜 집으로 향한다. 위스키에 취해 발이 걸릴 듯 말 듯 비틀거리는 걸음으로 계속 걷는다. 20살 때 술집에서 듣던 발라드를 흥얼거린다. 이상한 손짓을 허공에 날리고 갑자기 소리도 한번 질러본다. 웃기도 하고 욕도 뱉어 본다. 그렇게 도착한 원룸 문 앞, 마지막으로 한숨을 내쉬며 문고리를 잡기 위해 손을 뻗는다.

부스럭

바드득

미세하게 열려있는 문틈 사이로 작은 소리가 들려온다. 취해있던 정신이 확 깬다. 흐릿한 초점도 힘을 주어 맞추고 숨도 고르게 쉬면서 점차 숨소리를 줄인다. 몸을 굳히고 들리는 소리에 집중한다. 눈은 미세하게 열려있는 어두운 문틈으로 향해있다. 누군가 문을 열었고 안에 불이 꺼져있다.

'도둑인가?'

나는 몇 달 전에 이사를 했다. 그리고 내가 이곳으로 이사 온 것을 아는 사람은 아무도 없다. 그리고 확실하게 잠그고 간 문도 열려있는 것을 보면….

타탁

두둑

구두 굽이 방바닥에 부딪치는 소리. 정말 작게 들리는 면이 쓸리는 소리. 구두 소리가 점차 크게 들린다. 누군가 현관으로 다가오고 있다. 그리고 소리가 멈추었다.

조금 전 정신이 들었으나 잠시뿐이었고 다시 초점이 흐물거린다. 이미 뇌를 지배한 알코올을 내가 무슨 수로 이기겠는가? 완벽하게 사람을 죽일 수 있는 능력은 듣기만 해도 무시무시해 보이지만, 영화 속 주인공처럼 잘 싸우거나 초능력자 같은 게 아니다. 그냥 완벽한 계획을 세우는 것뿐, 별거 없다. 격투기를 배웠다고 해도 취한 상태에서 작정하고 집을 터는 도둑을 이길 수는 없을 것 같고.

'아니, 잠깐만 도둑이 구두를 신고 들어오나?'

갑자기 문이 번쩍 열린다. 검은색 손이 내 머리채를 잡고 집 안으로 끌어들인다. 한 치 앞도 보이지 않는 캄캄한 집 안, 이리저리 날아다니는 작은 불빛, 그리고 묵직한 무언가가 내 얼굴에 박힌다. 그리고 배를 강타한다. 몸이 잡히고 붕 뜨며 바닥에 머리가 강하게 부딪친다. 눈앞이 번쩍한다.

망치로 내려치는 듯한 두통 때문에 눈이 떠진다. 머리와 코가 징하게 울린다. 너무 어지럽다. 술에 취한 것과는 다르다. 거칠고 차가운 시멘트 바닥이 오른쪽 뺨에 느껴진다. 목이 아프다. 배도 아프고 어깨도 아프다. 그냥 온몸이 다 아프다. 몸을 뒤척이려고 하니 몸이 움직여지지 않는다. 손목이 등 뒤로 묶여있고 발도 단단하게 묶여있다. 그보다 머리가 너무 아프다. 죽을 것 같은 두통, 진짜 머리가 깨진 것 아닌가 하는 생각이 들 정도다. 구두 소리가 들려온다. 그리고 곧 검은색 구두 한 켤레가 눈앞에 보인다. 뒤이어 한 명이 더 도착한다. 그 둘은 내 겨드랑이에 손을 넣고 나를 일으킨다.

"누구세요?"

나는 거친 숨을 잔뜩 섞어 말한다. 하지만 그들은 내 말을 무시하고 나를 끌고 어디론가 간다. 몸에 힘이 들어가지 않는다. 무섭다. 공포가 고통에 섞인다.

'잠깐만, 침착하게 생각해 보자. 우선 여기가 어디지?'

아직 도배질이 되지 않는 시멘트벽, 굴러다니는 빈 상자, 전등이 천장에 달려 있지만…

갑자기 몰려온 찌릿한 두통에 눈을 질끈 감으며 헛구역질을 한다. 머리가 핑핑 돌고 속이 매스껍다. 그렇게 얼마 끌려가지 않아 커다란 방에 도착한다.

"어, 반갑다."

나는 중년 남성의 목소리에 눈을 뜬다. 거대한 방 가운데에 낡은 가죽 의자가 하나 있고 누군가 그 의자에 앉아 있다. 그 뒤에는 검은색 양복을 입고 있는 남성 한 명, 경호실장이 각 잡힌 뒷짐을 지고 있다. 그리고 커다란 나무 상자들이 이곳저곳에 쌓여있다. 그 옆에 녹슨 드럼통 여러 개.

흐릿하게 보이지만, 나는 저 의자에 앉아 있는 남성의 얼굴을 안다. 김태수 뉴스를 찾아봤을 때 같이 본 얼굴이다. 대기업 중에서는 조금 규모가 작은 대천 그룹의 회장 김필정이다. 물론 김태수처럼 문제가 많아 뉴스에 많이 오른 사람이다.

"박종혁. 나이는 27, 젊은 편이네. 고향은 구암시. 근데 왜 서울에 있을까? 서울에서 대학 다니나?"

김필정의 손에는 내 지갑이 들려있고, 다른 손에는 내 주민등록증이 들려있다. 분위기를 보아하니 나는 위험하다. 뭐, 분위기를 파악하지 않아도 너무나 잘 알 수 있는 상황이다. 슬슬 죽을 수도 있다는 생각이 든다. 그럼 이 위험한 상황에서 빠져나가야 한다. 할 수 있다. 지금은 순수하게 아무것도 모르는 척, 이렇게 가자.

"왜 그러세요….."

나는 반쯤 울먹거리며 말한다. 눈물은 일부러 짜낼 필요 없이 두통 때문에 자동으로 밀려 나온다. 김필정은 들고 있던 주민등록증을 다시 지갑에 끼어 놓는다.

"종혁아, 내 아들이 갑자기 사라졌다. 그 새끼가 갑자기 사라질 이유가 없어. 그래서 내가 조사를 해봤거든?"

그래, 뭔가 퍼즐이 딱딱 맞아떨어진다. 역시 김태수, 그 새끼를 죽이면 안 됐었다. 좀 더 생각을 깊게 했어야 했다. 정황상 내가 범인으로 확실하다. 아니, 그렇다고 내가 죽을 순 없잖아! 그리고 중요한 건 증거가 없다. 내가 범인이라는 확실한 증거 말이다. 그 말은 아직 빠져나갈 길이 남아있다는 뜻이다.

"아드님이 누군지 몰라요. 저는… 그냥… 공장 다니고 그래요."

나는 처절하게 고개를 흔들며 흐느껴 운다. 하지만 속으로 계속 머리를 굴려본다. 망할 놈의 두통 때문에 집중이 계속 깨지기는 해도 억지로 집중을 이어 붙인다. 이 몸 상태로 싸우기도 그렇다. 겨드랑이에서 느껴지는 딱딱한 근육들, 싸워서 이길 수 없다. 심지어 팔다리가 묶여있고 2명이나 바로 옆에 붙어있는데 절대로 이기지 못한다.

'그럼 어떡하지?'

"야! 내 말 끝까지 들어!!"

김필정의 호통에 생각이 끊기고 본능적으로 느껴지는 공포에 몸이 떨린다. 김필정은 화를 내며 자신의 뒤에서 뒷짐을 지고 서 있는 경호실장에게 손짓한다. 그 손짓에 경호실장은 빠른 걸음으로 나에게 다가온다. 손에는 검은색 가죽장갑이 끼워져 있다. 그리고 조금의 망설임도 없이 내 얼굴에 주먹을 날린다. 복싱선수가 샌드백을 때리듯 나를 패기 시작한다. 고개가 좌우로 꺾인다. 코와 입에서 피가 터져 나온다. 몸 이곳저곳이 극심한 고통에 휩싸인다. 저번에 부러졌던 팔과 어깨가 다시금 저려온다.

"그만."

김필정의 말에 경호실장은 행동을 멈춘다. 그리고 다시 그의 뒤로 가 뒷짐을 지고 굳건하게 자세를 잡는다.

"종혁아, 솔직하게 버린 아들이라 사라지거나 죽거나 해도 상관없다. 그래도 최소한 아비로서 복수는 해줘야지. 그래서 조사를 해봤고 나온 놈들이 한 5명 된다. 이제 거기서 죽어도 상관없는 놈들

있잖아. 갑자기 없어져도 아무도 신경 써 주지 않는 그냥 평범한 놈들. 그렇게 추리니 한 3명 나오더라."

김필정은 엄지를 치켜세워 뒤를 가리킨다.

"매일 찾아와서 돈 달라고 구걸하던 친구 새끼."

나는 정신 줄을 놓고 피가 섞인 진한 침을 질질 흘리고 있다. 김필정이 가리킨 곳은 보지 못했지만, 그곳에 녹슨 드럼통이 있던 건 기억한다.

"그리고 사귀던 모델 년."

녹슨 드럼통 옆에 있는 또 다른 드럼통을 가리킨다.

"그다음이 너야. 아들놈에게 두들겨 맞고 경찰에 신고했고 또 처맞았다며?"

"사려주에오…."

이번에는 턱이라도 부러진 건지 발음이 되지 않는다. 머리를 굴리는 것은 멈추었다. 그럴 여유가 없다. 진짜 죽을 것 같다. 아니! 진짜 죽는다. 무섭다. 원래 성격이 남에게 빌빌 기는 성격은 아니지만, 당장 죽게 생겼는데 자존심을 부릴 때가 아니다. 살아야 한다. 살고 싶다. 고통 때문에 흘러나오는 눈물이 이제 공포의 눈물로 바뀌었다.

"저 지자 지자… 아이에오."

"그래. 다 아니라고 하더라. 근데 생각 좀 해봐 지금 네가 여기서 이런 꼴 당했는데 살아나갈 것 같아?"

김필정은 말끝에 귀찮은 입맛을 다신다. 진짜 죽음의 손길이 내 머리를 스쳐가자 갑자기 정신이 팍 든다. 숨이 차분해진다. 호르몬 때문인지는 몰라도 온몸에서 느껴지던 고통이 사그라들었다. 턱에 힘을 꽉 주니 똑 하는 소리와 함께 관절이 맞아 들어간 느낌이 든다. 생각, 생각을 해보자.

'지금 내가 범인이 아니라고 해도 죽을 것이고 맞다고 해도 죽을 것이다. 김필정의 목표는 범인을 찾는 게 아니다. 그렇다면…'

"내가 죽였어!"

나는 입에 매달린 걸쭉한 피를 얼굴에 묻히며 소리를 지른다. 그리고 잠시 숨을 몰아쉰다. 방금 한마디 소리를 질렀다고 숨이 찬다. 내 말에 김필정의 인상이 구겨진다. 그리고 무슨 말을 하는데 잘 들리지 않는다. 지금 귀에서 삐 소리만 들릴 뿐이다. 침착해졌던 숨도 점차 다시 떨리기 시작한다.

"내가 죽였어! 근데… 근데… 나는 사람을 완벽하게 죽일 수 있어!"

방금 내가 뱉은 말은 내가 들어도 이상하다. 뭔가 부끄러울 정도다. 명확한 사실을 말했지만, 누가 들어도 거짓말이다. 하지만 여기서 살아나갈 방법이 이거 하나뿐이라는 결론이 나왔다. 김필정이 어떤 표정을 짓는지는 보이지 않는다. 그렇다고 내 말에 대꾸는 하지 않는다. 공포스럽게 들려오는 구둣발 소리, 몸이 떨린다. 그리고 시작되는 무자비한 폭행, 귀에서 들리던 삐 소리도 들리지 않는다. 귀가 이상하다. 눈앞이 잠시 하얀색으로 가득 차다 다시 보인다. 얼굴에서 빠득 소리가 들렸다. 숨이 안 쉬어진다. 이대로 가다가는 진짜 죽는다.

"그러니까 네가 죽였다는 건 확실하다 이거지?"

김필정은 여유 있게 의자에서 일어나며 말한다. 어렴풋이 그의 목소리가 들리기는 하지만, 무슨 말인지는 모르겠다. 내 고개가 힘 없이 떨어진다. 턱이 안 닫힌다. 이제는 피가 더 많은 침이 질질 샌다. 눈앞이 회색빛으로 흐릿하다. 죽는다.

"누구… 다… 죽여… 다… 죽일 수… 제발… 살려 줘."

나는 지금 할 수 있는 말을 최대한 짜낸다.

김필정은 말을 들으며 내 앞에 쪼그려 앉는다. 그리고 나를 잡고 있던 남성들에게 손짓을 하니 그들은 나를 바닥에 내려놓는다. 바다가 생각나는 상쾌한 냄새.

"그래, 마음에 드는 말이네. 근데 나는 그 말을 어떻게 믿냐?"

나는 바닥에 떨어진 찰흙처럼 엎어져 있다. 가까이 있으니 김필정의 말이 들린다. 지금 남아있는 모든 힘을 전부 짜내서 그의 말에 대답을 해야 한다. 아니면 나도 저기 있는 드럼통행이다.

"저 새끼… 죽여…"

사시나무처럼 떨리는 손을 겨우 들어 나를 신명나게 두들겨 팬 경호실장을 가리킨다.

"뭐? 실장님을 죽인다고?"

김필정은 경호실장 쪽으로 고개를 돌려 말한다. 나는 겨우 들어 올린 팔을 떨어트린다. 그리고 좀비처럼 흐느끼는 소리로 긍정의 대답을 한다. 김필정은 계속 경호실장을 보며 이상한 눈빛을 주고 받는다.

"집 주소… 사는 동네 알려ㅈ… 그럼 한 달."

이제 말이 나오지 않는다. 턱이 어떻게 된 건지 발음이 침처럼 질질 샌다. 목에는 피가 잔뜩 붙어 목소리가 쇠 긁는 소리처럼 듣기 싫게 나온다. 지금 내 말이 정신 나간 헛소리 같다는 건 알고 있다. 김필정이 믿지 않을 확률이 크다는 것도 알고 있다. 하지만 여기서 살아나갈 방법은 이거 하나뿐이다. 다른 방법이 없다.

김필정은 내 말을 알아들은 듯하다. 솔직하게 모르겠고 내 희망 사항이다. 눈만 겨우 위로 올려 뒤에 있는 경호실장이라는 놈의 얼굴을 본다. 놈은 입술을 조금씩 움직이며 턱에 힘을 준다. 방금 내 말에 상당히 기분이 나빠졌다는 뜻이다.

"우리 경호실장님은 어때요?"

"집 주소까지 전부 알려주셔도 됩니다."

경호실장은 고개를 조금 숙이며 말한다. 김필정은 그의 말에 손가락을 튕긴다.

"그럼 종혁아, 정확히 한 달 줄게. 니 지갑 찾아서 오후 10시에 여기서 보자. 여기 주소는 지갑 안에 넣어둘게."

김필정은 들고 있던 내 지갑을 머리 위로 올려 경호실장에게 건넨다.

"말씀 중에 죄송합니다만, 여기서 그냥 보내도 괜찮겠습니까?"

경호실장은 두 손으로 김필정이 건넨 지갑을 정중하게 받으며 말한다.

"어, 괜찮아요."

김필정은 고개를 살짝 뒤로 돌려 경호실장에게 말한다. 그리고 다시 고개를 내 쪽으로 돌린다.

"니가 말한 그 완벽하게 사람 죽이기? 그거 증명하면 내 아들 죽인 거 봐주고 돈까지 두둑이 줄게. 근데 거짓말이면 뭐, 대충 알지? 여기서 나가서 경찰에 신고하고 언론에 퍼트린다는 협박 안 통해. 알았지? 어디 도망갈 생각도 하지 말고"

이제 대답할 조금의 힘조차 남아있지 않다. 살기 위해 숨을 몰아쉬는 것도 벅차다. 이런 상황에서 누구를 경찰에 신고하고 자시고 할 생각 따위는 남아있지 않다. 도망갈 생각은 진작에 버렸다.

"강남구, 남구동"

김필정은 주머니에서 자신의 지갑을 꺼내 5만 원권 지폐를 하나 빼고 내 머리 위에 살포시 올려 두며 말한다.

"그리고 이건 차비."

경호원들이 묶여있는 내 손목과 발목을 풀어준다. 그리고 김필정은 경호원들을 데리고 사라진다. 왜 김필정이 내 말을 믿었는지는 모른다. 어쨌든 나는 살았다. 바로 정신이 끊어진다.

4. 효시

눈이 서서히 떠진다.

'어디지?'

뺨에서 느껴지는 시멘트 바닥, 얼굴 반쪽에 감각이 없다. 몸에 힘이 없다. 눈앞에 보이는 5만 원. 엄청난 고통이 몰아닥치기 전에 드는 생각은 '살았다.' 그리고 '여기서 얼마나 있던 거지?'

나는 김필정이 사라지고 나서 바로 기절했다. 그리고 지금 정신을 차렸지만, 시체처럼 가만히 퍼질러져 있다. 곧 몸을 일으켜 본다. 몸에 살짝 힘을 주는 것만으로도 온몸에 번개같이 고통이 퍼진다. 하지만 여기서 나가야 한다. 조금씩 조금씩 몸을 움직여 웅크리고 있던 바닥에 몸을 완전히 펴서 눕는다. 그대로 멍하니 오랫동안 누워있었다. 다시 몸을 일으켜 본다. 움직일 수 없을 정도의 고통이 나를 짓누르지만, 여기서 평생 누워있을 수는 없다. 어디서 나오는지 모르는 정신력으로 고통을 버티며 건물 밖으로 나간다.

내가 있던 건물은 폐가? 아니, 아직 완공되지 않는 건물이다. 어두워서 건물 전체가 보이지는 않지만, 아파트나 공장은 아닌 듯 보이고 아마도 창고처럼 보인다. 나는 꼽추처럼 굽은 등으로 주변을 둘러본다. 목이 아예 움직이지 않아 발을 조금씩 움직여 몸 전체를 돌려야 한다.

어둡다. 저 멀리 가로등 하나가 보인다. 자동차 바퀴 자국이 잔뜩 남아있는 흙바닥을 따라 걸으니 도로가 나온다. 당장이라도 귀신이나 괴물이 나올 듯한 어두운 분위기다. 하지만 두려움은 느껴지지 않는다.

도로에 나왔지만, 얼마 걷지 못해 도로 한가운데 털썩 주저앉는다. 머리가 너무 어지러워 도저히 걷지 못하겠다. 몸도 고장 난 기계처럼 잘 움직여지지도 않는다. 바지 주머니에서 핸드폰을 꺼낸다. 액정이 박살났다. 그래도 다행히 사용은 가능할 정도다. 설치되어있는 앱으로 택시를 부르려고 할 때 핸드폰이 손에서 멀어진다. 몸에 힘이 들어가지 않고 바로 앞에 있는 손에 초점도 맞지 않는다. 세상이 지각변동이라도 난 듯 기울어진다. 귓속은 물에 잠긴 것처럼 멍하다….

눈이 번쩍 뜨인다. 이번에는 하얀색 천장, 밝은 조명, 병원이다.

"정신이 드세요?"

차트 판을 들고 있는 의사가 졸린 하품을 보이며 말한다. 얼굴에는 피곤이 찌들어있다.

"선생님. 코 부러지셨고요. 수술하셔야 돼요. 제 말 잘 들리시죠?"

　나는 고개를 끄덕이며 말을 듣고 있다는 대답을 한다. 이어지는 의사의 말은 안와골절을 포함한 다섯 군데에 골절상을 입고 어쩌고저쩌고하는 내용이다. 그 이후 흘러나오는 말은 아까 이야기한 것처럼 수술을 해야 하고 비용이 얼마 나왔고 하는 말이다. 나는 딱히 귀담아듣지 않는다. 수술이나 다른 치료는 받지 않고 팔에 꽂힌 링거만 다 맞은 후 그냥 병원을 나왔다. 나를 뜯어말리던 의사는 내 고집을 이기지 못하고 약이나 타 가라고 했다.

　약 봉투에 진통제와 항생제를 가득 담아 집에 도착했다. 집 안은 태풍이라도 휩쓸고 간 것처럼 난리법석이지만, 신경 쓰지 않고 바로 화장실로 향해 거울을 본다. 얼굴이 만화 속 독버섯을 먹은 사람처럼 보라색이다. 그리고 코와 눈이 팅팅 부어있다. 이마에 이쁘장하게 거즈도 붙어있다. 다시 차고 있는 목 깁스와 피가 터져 빨간색으로 변한 눈도 보인다. 아까 진통제를 혈관에 직방으로 맞아서 그런지 다행히 고통은 느껴지지 않는다.

　왜 지금 내가 이런 꼴로 거울 앞에 서 있는지 이해할 수 없다. 하루아침에 내 인생이 박살 났다. 얼굴과 몸도 박살 났다. 그리고 죽을 뻔했고 아직 죽을 수도 있다. 살기 위해서 사람을 죽여야 한다. 조그마한 눈물이 맺힌다. 화가 난다. 사람을 죽이기 싫다. 그냥 평범하게 살고 싶다. 하지만 내가 여기서 할 수 있는 것은 없다.

며칠 집에서 쉬고 난 후, 지금 나는 밖에 서 있다. 현재 시간은 짧은 황혼이 머무는 저녁 끝 시간대, 장소는 강남구, 남구역 3번 출구 앞이다. 흐릿한 하늘 아래 옅은 비가 내려온다. 슬슬 장마가 시작되려고 한다. 이번 장마는 대한민국 기상관측 역사상 가장 긴 장마가 올 것이라고 한다.

부서지기 직전의 몸을 이끌고 남구동 전체를 뒤진다. 지나가는 사람 전부를 살펴본다. 그렇게 12일 만에 경호실장이라는 사람을 찾았다. 이름은 오종진. 그를 미행해 그가 사는 집까지 알아낸다. 그 주위 카메라와 길은 모두 파악한 지 오래다. 그를 찾았으면 그의 일과를 포함한 모든 것을 알아내며 분석한다.

살인을 위한 진입로를 설정하기 전 한 가지 문제에 부딪친다. 바로 경호실장의 경계심이 너무 극심하다는 것이다. 집 앞에 도착하면 누군가 주변에 있거나 집 안으로 들어왔는지 확인한다. 밖에서는 3초마다 주변을 두리번거린다. 퇴근할 때마다 매일 다른 길로 간다. 저렇게 자신이 죽을 거라고 의식하는 사람은 몰래 죽일 수가 없다. 근데 굳이 몰래 죽여야 하는가? 경찰과 김필정에게 걸리지만 않으면 된다. 좋다! 그럼 살해 방법을 포함한 자세한 계획, 증거 회수와 시신을 가지고 나올 탈출로, 증거와 시신 인멸 방법, 인멸 장소를 정하는 데까지 2주도 걸리지 않았다. 인정하기는 싫지만, 3번째 사람을 죽이니 요령 같은 게 생겨 버렸다. 그렇게 24

일이 걸려 경호실장을 찾아 죽였고 그는 사라졌다.

"하…."

내 지갑을 들고 집에 도착하니 깊은 한숨이 나온다. 나의 원칙 중 하나가 증거물이 될 만한 물건이나 전리품은 챙기지 않는다이지만, 내 지갑은 어쩔 수 없이 챙겨야 했다. 현관에 가만히 서서 경호실장을 죽였던 계획과 그 순간 그리고 증거 회수와 인멸 과정까지 천천히 되새겨 본다. 실수는 없었다. 그럼 절대 걸리지 않는다.

경호실장을 죽이고 6일 뒤 김필정이 말한 날이 되었다. 나는 택시에 올라 창고로 향하고 있다. 창고와 거리가 반쯤 남았을 때 택시에서 내려 걸어간다. 이제 빗줄기가 거세졌다. 진정한 장마철로 들어선 것이다. 지금 내 상황과 딱 맞아떨어진다. 장마에서 비를 피할 수 없듯이, 지금 상황도 벗어날 수 없다는 생각이 든다.

우산은 쓰지 않고 비를 맞으며 빠른 걸음으로 창고에 도착해 안으로 들어간다. 불과 한 달 전에는 시체처럼 벌벌 기면서 나왔지만, 지금은 이유 없는 자신감이 나를 당당히 걷게 만든다. 그러나 긴장이 섞인 침 삼킴은 숨길 수 없다. 어쩌면 나는 여기서 죽을 수도 있다. 무섭다. 떨린다. 당장이라도 뒤돌아 도망가고 싶다. 그렇다고 지금 나를 도와줄 사람은 없다. 떨어지지 않는 발걸음을 억지로 떼어 김필정이 있는 방으로 향한다.

내가 복날 개처럼 맞던 큰 방에 들어가니 그때 봤던 낡은 가죽 의자에 김필정이 앉아 있다. 그리고 그의 앞에 새로운 가죽 의자 하나가 마주보고 있다. 주변에 경호원은 보이지 않는다. 누군가 몰래 숨어 있는 것 같지도 않다. 이제 여기부터 내가 생각한 계획은 없다. 하지만 괜찮다. 아직 늦지 않았으니 지금부터라도 차분하게 계획을 세워보자. 최대한 내게 유리하도록 말이다.

"야! 종혁아!"

내가 방 입구에 걸음을 멈추고 주변을 살피고 있을 때 김필정이 기쁜 소리를 지르며 박수를 친다.

"빨리 와 봐."

김필정은 나에게 빨리 다가오라며 열심히 손을 흔들며 말한다. 얼굴에는 참을 수 없는 기쁨이 묻어있다. 뭔가 불안하지만, 천천히 그에게 다가간다.

두렵다. 누군가 내 심장을 치는 듯 마구 두근거린다. 우선 빠르게 주머니에서 경호실장에게 뺏은 내 지갑을 들어 그에게 보여준다. 김필정은 내 손에 들린 지갑을 보더니 자리에서 벌떡 일어나고 빠르게 달려와 내 손목을 잡는다.

"그래! 다 알아! 내 아들 죽인 거 이제 상관없다. 어차피 그놈은 진짜 아들로 취급도 하지 않던 놈이야. 공부도 못하고 말도 안 듣고, 한다는 게 돈 쓰고 사람 패는 게 다인 새끼인데 내가 왜 좋아하겠냐!"

김필정은 멋진 장난감을 본 어린아이처럼 들떠 말한다. 그리고 잡고 있는 내 손목을 끌어 가죽 의자 앞으로 데려간다. 나를 새롭게 놓인 가죽 의자에 앉히고 김필정은 맞은편 의자에 앉는다.

"근데 너 특수부대 그런 거니? 국정원?"

"그건 아닌데요…."

나는 무의식적으로 그의 눈을 피한다. 지금 김필정을 바로 앞에 두고 있으니 그에게 풍겨 오는 힘이 다르다. 머릿속에는 그가 당장 나를 죽일 수 있다는 생각이 반쯤 뒤덮여 있다.

"그래, 그래. 그런 건 상관없고 서로 많은 건 알지 말자. 딱! 일만 하는 걸로 하는 거야. 너도 그런 게 좋을 거 아니야?"

나는 대답 없이 김필정을 쳐다본다. 이해가 되지 않는다. 자신의 아들과 아무리 사이가 좋지 않다고 해도 아들을 죽인 살인범이 바로 앞에 있는데 모든 걸 용서해준다니, 상식적으로 말이 되지 않는다. 그리고 아무 의심도 없이 나를 믿는 것도…. 물론 이해가 되는 상황이고 전부 나에게 좋은 일이니 괜찮다. 아니, 괜찮길 바란다.

"근데 죽인 거는 죽인 거잖아? 잘못이 있다는 말이지. 그리고 같이 있던 경호원분들 처리하는 비용도 만만치 않았어. 그래서 나랑 딜하자, 어때?"

김필정이 나에게 말한다.

"뭔데요."

나는 표정을 최대한 굳히며 말한다. 저게 말이 딜이지 사실상 수락밖에 없는 협박성 제안이다. 내게 주도권이 없고 거절도 할 수 없는 상황이지만, 그렇다고 내가 긴장하고 잔뜩 겁을 먹고 있다는 것을 대놓고 알려주면 안 된다.

"내 아들 죽인 거 그냥 넘어가 줄게 그리고 경호원 처리 비용도 없던 걸로 하고, 대신 5명만 죽여주라."

나는 코끝을 한번 쓱 닦으며 대답을 뜸 들인다. 우선 생각을 해 보자. 경호원 이야기는 그때 있었던 사람들을 모두 죽였다는 이야기 같다. 그리고 그가 말한 제안도 어느 정도 예상 가능했던 제안이다. 사람은 더 이상 죽이기 싫지만, 아까도 말했듯이 나에게 선택권은 없다. 무조건 수락뿐이다. 하지만…

"10억, 먼저 10억을 줄게. 그리고 한 사람당 6억씩 해서 총 40억. 어때? 괜찮지?"

도덕적이고 양심적인 감정은 억 소리가 들리자마자 황급히 도망간다. 하지만 바로 내가 잘못 들은 건가 하는 생각이 든다.

"얼마요?"

나는 자라처럼 목을 앞으로 쭉 빼며 되묻는다. 도저히 믿기지 않는 금액이다.

"40억. 네가 평생 공장에서 벌지도 못하고 다른 일을 해도 듣지도 못할 금액이야. 저기 중국 애들 쓰는 것보다는 비싸지만, 너는 충분히 그 정도 값어치가 있다고 생각한다. 우리 경호실장이 출근 안 한 다음 날부터 나도 사람을 써서 조사를 해봤는데, 티끌 하나 나오지 않았어. 종혁아, 너는 푼돈 받으며 공장에서 일할 사람이 아니다."

그의 말을 듣자마자 깊은 물속에 빠진 것처럼 숨이 급하게 들이마셔진다. 40억, 정확하게 들었다. 말로는 쉽게 할 수 있는 금액이지만, 사실은 어마 무시한 돈이다. 김필정의 말대로 내가 무슨 짓을 해도 벌지도 듣지도 못할 돈일 수도 있다. 아니, 절대로 벌지 못한다. 하지만 그에게는 그다지 큰 문제 없는 금액이다.

"제가 뭘 믿고 그런 말도 안 되는 조건을…"

말을 제대로 매듭짓지 못했다. 긴장을 안 하려고 해도 그게 쉽게 되지 않는다. 억 소리가 나는 돈 이야기까지 나오니 목이 뻣뻣하게 굳는다.

"여기서 계약서라도 작성할까? 아니잖아? 나는 네가 사람을 완벽하게 죽인다고 했을 때도 믿었는데 너는 그러면 안 되지. 그리고 솔직히 내가 더 위험한 거 아니니? 너에게 사기 쳐서 뭘 빼먹을 생각도 없고 빼 먹을 것도 없다. 일만 잘하면 아무 문제 없어. 종혁아! 너는 내가 바라왔던 최고의 선물이다. 굳이 내 발로 뻥 차낼 생각은 없다."

어투와 말하는 것을 보아하니 그는 나를 굉장히 마음에 들어 하고 있다. 거짓처럼 들리는 말도 없다. 그리고 지금 최대한 달콤한

말로 나를 설득하려고 노력하는 게 보인다. 그럼 좀 더 이야기를 끌어가며 내가 얻을 수 있는 건 최대한 얻어가 보자.

"그럼 아저씨? 아니면 회장님? 어쨌든 돈은 준다고 해도 처음 10억은 어떡할 건데요? 저 최근 경찰서에서 조사도 받았고 폭행으로 응급실만 3번을 갔는데 갑자기 내 통장에 이유 모를 10억이 찍히면 뭐, 경찰이나 금융감독? 거기서 검사하러 오지 않을까 하는데요."

"아니, 그럴 일은 없다. 그 사람들이 그렇게 한가한 사람이 아니야. 이유야 내가 만들면 되지만, 그래도 불안하다면 여기서 이야기를 끝내고 너는 집에 가. 내일 집 앞에 5,000만 원을 현금으로 가져다줄게. 그리고 내가 넣으라는 주식에 넣고 뺄 때 빼라. 그럼 3개월 안에 그게 10억이 된다. 조사와도 잡힐 건더기도 없고 주식은 합법이잖아? 그때 다시 이야기하자. 이건 어때?"

김필정은 상체를 내 쪽으로 숙이고 팔을 허벅지에 걸치며 말한다. 신뢰를 주고 있다는 신체적 표현이다. 그리고 그의 말에 진심이 묻어있다. 하지만 의심스럽다. 당연한 것이 아닌가? 자신의 아들을 죽인 놈에게 10억을 주고 같이 일하자고 말하는 게 이상하고도 이상하다. 하지만 나는 고개를 끄덕이며 그의 제안을 수락한다. 그 신호에 김필정은 입꼬리를 올리고 자리에서 일어난다. 그리고 내게 천천히 걸어오며 옷매무새를 가다듬고 나에게 악수를 위한 손을 내민다. 하지만 나는 악수를 바로 받지 않고 자리에 앉아 김필정을 올려본다.

"왜? 뭐가 문제야?"

김필정이 입꼬리를 내리며 말한다. 서로 아무 말도 하지 않았지만, 김필정은 내 눈빛을 읽은 듯하다. 하긴 그도 거대한 그룹을 총괄 운영하는 사람이다. 불법적인 사람들과 몸을 비비며 일도 하기에 눈빛 하나로 사람의 마음을 알아채는 것은 당연한 능력일 거다.

나는 사람을 죽이고 싶지 않다. 살인은 끔찍한 죄악이다. 더 이상 그 끔찍한 죄악을 내 손에 묻히고 싶지 않다. 하지만 상황이라는 게 나를 따라주지 않고 있다. 그리고 40…억.

"아니요. 문제는 없는데 저희와 연관된 사람들은 안 돼요."

"종혁아. 나 바보 같은 사람은 아니다. 대학 나왔고 공부도 할 만큼 했다. 똑똑하다고. 당연한 것은 신경 쓰지 마라."

김필정은 장난스럽게 짜증을 뱉으며 말한다. 나는 이 불합리한 상황이 답답해 머리를 한번 긁적인다.

"그럼 제가 정리해서 한번 말해 볼게요. 들어보고 맞는지 보면 돼요."

김필정은 시원하게 고개를 한번 끄덕인다.

"저희는 5명을 죽이는 걸로 약속하는 겁니다. 10억을 먼저 주실 거고 한 사람을 죽일 때마다 6억. 이 말이잖아요?"

"정확해."

김필정은 내 말에 흐뭇한 미소를 짓는다.

5명, 나에게 시간만 넉넉히 주어진다면 그리 어렵지 않은 일이다. 경찰에게 걸리지 않는다. 한마디로 완벽 범죄. 하지만 옳은 일인가? 하는 질문에는 다시 40억이라는 금액이 그 질문을 가린다.

"저는 10억이 들어올 때까지 절대로 일 시작 안 할 겁니다."

이제 마지막으로 내가 내세울 수 있는 조건을 말해본다. 김필정은 고개를 끄덕이며 다시 손을 뻗어 악수를 건넨다.

"당연하지."

나도 손을 뻗어 악수를 받는다.

"근데 내가 갑자기 없어지거나 죽으면 너는 죽는다."

김필정이 손아귀에 힘을 꽉 주며 말한다.

순간 공기가 차갑게 식는다. 말문이 턱 막히고 몸 전체의 근육이 수축하는 게 느껴진다. 뭔가 잘못되었다는 느낌이 정확히 꽂힌다. 뭐, 이미 알고 있던 사실이지만, 다시 한번 일깨워진다. 돈은 머릿속에서 완전히 사라지고 싸늘한 칼날이 내 목을 스쳐 간다.

"예…. 뭐, 당연하죠."

이 짧은 말 하나 뱉는데 힘들었다.

그래! 어차피 되돌릴 수 없다. 그나마 긍정적으로 생각해 보자. 이 사람을 죽일 일도 없으니 나도 죽을 일이 없다. 믿을 수 없는 사람이지만, 지금은 믿을 수밖에 없다. 여기까지 와서 후회하고 좌절하면 뭘 어떡하겠는가. 지금 주어진 일을 잘 풀어나갈 뿐이다.

나는 집으로 안전하게 돌아왔다. 뭔가 엄청난 폭풍을 온몸으로 맞고 돌아온 것처럼 지친다. 지금 내가 처한 현실이 믿기지도 않는다. 갑자기 폭행으로 응급실을 3번 간 것부터 수중에 천 단위의 돈이 생긴 것도 모자라 곧 10억이라는 거금이 생길 것이다. 그리고 이제 청부 살인 일을 시작해야 하는 것도….

'꿈인가?'

나는 매트리스 위에 죽은 것처럼 가만히 누워 생각에 잠긴다. 사람을 죽여서 돈을 버는 것이 올바른 짓인지… 당연히 올바르지 못한 짓이다. 그러나 그 문장에 꼬리표처럼 달라붙는 말은 '상황이 어쩔 수 없었다' 였다.

"맞잖아! 내가 죽을 수는 없잖아!"

김필정이라는 사람이 믿을 만한 사람인지도 의심스럽다. 나를 이용해 먹고 죽일 수도 있는 사람이다. 그리고 내가 그의 아들을 죽였지만, 별 대수롭지 않게 넘어갔다. 언제든지 나를 죽일 수 있다. 생각이 꼬이고 꼬여 나를 어지럽게 만든다.

'그리고… 돈! 돈은 제대로 들어올까?'

아직 있지도 않은 돈 생각에 피식 웃음이 새어 나온다. 하지만 나는 고개를 흔들고 웃음 섞인 한숨을 내쉰다. 뭔가 기쁘기는 하면

서 가슴이 뒤숭숭하다. 조울증에 걸린 것처럼 감정이 오락가락한다. 그냥 모르겠다.

모든 생각을 잠시 치우고 매트리스 위에서 몸을 대충 뒤척이며 핸드폰 화면을 만진다. 그렇게 다시 시작된 의미 없이 시간 보내기. 갑자기 찾아온 이상한 상황 속에서 빠져나와 모든 것을 내려놓는다. 그리고 서서히 눈이 감기더니 나도 모르게 잠이 들었다.

정신이 든다. 조금의 피곤함도 느껴지지 않을 정도로 잠을 잘 잤다. 서서히 눈을 떠본다. 시간은 오전 6시가 되기 전, 이른 아침. 몸과 마음이 붕 뜬다. 마치 어렸을 때 크리스마스 날 선물을 받기 직전처럼 말이다. 이 모든 게 돈 때문이다. 지금 집 앞에 있을 5,000만 원의 현금이 점차 머릿속에 꽉 들어찬다. 조금은 뜨거운 여름의 아침 공기와 함께 몸을 일으켜 물을 마시고 현관으로 서서히 걸어간다.

'진짜 문 앞에 돈 가방이 있으면 안 되는 거 아닌가?'

인지하지 못했던 졸음까지 완전히 다 날아가자 또 머리가 복잡해진다. 꼬이고 꼬이는 불안한 생각 하지만, 손은 천천히 현관문을 열고 있다. 근데 문밖에는 아무것도 없다. 대충 슬리퍼를 발에 끼우고 완전히 복도에 나가본다. 복도는 텅 비어있다. 거부감이 느껴지는 아쉬움을 뒤로 하고 문을 닫는다. 그리고 다시 매트리스로 향한다. 갑자기 피곤이 몰려온다.

나는 매트리스에 누워 다시 잠을 청해본다. 너무 일찍 일어난 것이다. 하지만 잠이 오겠는가? 5분 정도 눈을 감고 있다가 다시 핸드폰을 보기 시작한다. 눈은 재미있는 영상이 나오고 있는 화면에 가 있지만, 생각은 있지도 않은 돈을 보고 있다.

40억, 서울에서 건물을 사야 할까? 40억이면 어느 정도의 건물을 살 수 있지? 구암시에서 40억이면 큰 건물 하나는 확실하게 살 수 있다. 그 후 외제 차를 사고 시계도 사는 거다. 그리고 건물에서 나오는 월세로 차근차근 땅을 사 모을 거다. 그 순간 섬찟한 생각 하나가 머리를 스쳐간다.

'과연 5명을 다 죽이고 나서 김필정이 나를 그냥 놔줄까?'

새로운 의심의 씨앗이 심어지기 직전 문밖에서 발소리가 들려온다. 운동화 소리. 걸음과 걸음 사이에 소리의 공백으로 보폭이 어느 정도 보인다. 소리에 크기를 보아하니 남성이다. 그리고 내 집 앞에 걸음이 멈춘다. 툭, 무거운 천이 바닥에 떨어지는 소리. 똑똑, 두 번의 노크 소리가 들리고 발소리는 멀어져 간다. 곧 완전히 사라진다.

나는 몸을 일으켜 가만히 현관문을 본다. 갑자기 아무 생각이 들지 않는다. 지금 머릿속은 하얀 백지 같다. 자리에서 완전히 일어나 현관으로 걸어간다. 그리고 문을 여니 무언가 턱 하고 걸린다. 원통형 검은 여행 가방의 끝이 살짝 열린 문틈 사이로 보인다.

나는 좀 더 힘을 주어 문을 밀어 연다. 그리고 고개만 내빼어 주변을 살펴본다. 아무도 없다. 작은 소리조차 들리지 않는다. 아무도 없다는 것을 확인한 후 얼른 가방을 집어 집 안으로 들인다.

현관문을 잠근다. 한 번도 사용해 본 적 없는 쇠막대기 잠금장치까지 모두 사용해 문을 단단히 잠근다. 그리고 돈 가방으로 추정되는 가방 앞에 앉는다. 반신반의. 기대감 또한 불안함. 어쩌면 열면 안 되는 판도라의 상자일 수도 있다. 아니, 이미 가방이 도착한 것부터 판도라의 상자는 열렸다.

나는 가방의 지퍼를 열어본다. 서서히 열리는 지퍼 사이로 진하게 올라오는 짜릿한 돈 냄새. 정신을 놓은 웃음이 나온다. 100장씩 잘 묶여있는 노란색 종이 뭉치 10개, 그 옆에 있는 검은색 폴더폰과 종이쪽지. 지금 황금빛 종이 뭉치보다는 폴더폰 옆에 있는 쪽지에 먼저 손이 간다.

> 우리는 가방에 있는 폴더폰으로만 연락을 할 거다.
> 문자로 오는 회사의 주식을 사라.
> 문제가 있다면 저장되어있는 번호로 전화나 문자를 남겨라.

이해하기 쉽게 요점만 딱 적혀있는 쪽지. 필체도 알 수 없게 컴퓨터로 작성하여 프린트로 뽑았다. 이제 쪽지를 내려놓고 폴더폰을 들어본다. 20년 전에 사람들이 사용했었던 검은색 폴더폰이다. 충전도 되어있고 자세히 보니 가방에 충전기까지 준비되어 있다. 연락처에는 한 번호가 저장되어 있는데 쪽지에 적힌 번호 같다. 그리고 드디어 돈에 눈을 둔다. 막상 실감이 나지 않는다. 갑자기 벅찬 숨이 몰려온다.

"그래, 해보자."

은행 문이 열자마자 받은 돈을 전부 입금한다. 1원에 오차 없이 정확히 5천만 원. 그리고 원룸으로 돌아간다. 핸드폰으로 주식 계좌를 만들고 받은 돈과 그동안 모았던 돈을 합쳐 총 1억 원을 주식 계좌에 입금했다. 그때 느껴지는 진동, 폴더폰에 문자가 왔다.

-레인보우 바이오D-

이제 슬슬 현실이 느껴지기 시작한다. 영화나 드라마에서 봤었다. 빠져나올 수 없는 악의 구렁텅이로 빨려 들어가는 주인공. 하지만 지금 여기까지 와서 도망치거나 못하겠다고 애처럼 찡찡댈 수는 없다. 스스로 뺨을 세게 후려친다. 그래, 그냥 해야 한다.

핸드폰을 들고 주식 앱으로 들어간다. 검색창에 레인보우 바이오D를 검색하고 주식 1억 원어치를 매수한다. 한 주에 3,200원, 정확히 31,250주로 딱 떨어진다. 나는 주식의 주자도 모른다. 투

자나 경제에 관해서 관심을 0도 갖지 않고 살아왔다. 그리고 10분도 되지 않아 -3%라는 파란색 글씨가 핸드폰 화면에 보인다. 10분 사이에 써보지도 못한 300만 원이 사라졌다. 턱이 벌어지며 압도적인 상실감과 함께 정신이 와장창 깨진다. 바로 1%가 더 내려간다. 400만 원이 녹았다. 공장 다녔을 때 벌었던 월급보다 더 큰 돈이 순식간에 사라졌다. 하지만 참아야 한다. 지금은 몰라도 나중에 나에게 10억을 선물해줄 것이다. 나는 믿는다.

굳건한 믿음으로 일주일을 버텼다. 솔직하게 그동안 너무 무서워 주식창을 열어보지도 못했다. 그리고 방금 확인해본 결과 레인보우 바이오D의 주식은 현재 6,100원이다. +90.14%, 1억 9천만 원. 손이 떨리며 잔뜩 뭉친 침이 꿀꺽 넘어간다. 다음 주 9,200원, 그리고 3일 뒤 어떤 약이 3상을 통과했다고 한다. 그렇게 약 28,000원, 심지어 주식 매물도 없어 계속 상한가만 치고 있다. 지금 계좌에는 새빨간 글씨로 7억 7천만 원이라는 금액이 보인다. 도박 중독자처럼 핸드폰 화면만 보고 있을 때 잊고 있던 폴더폰이 울린다.

-팔아-

조금에 고민도 하지 않고 바로 판다. 수수료와 세금을 떼도 7억

중반대의 금액. 이제는 환하게 웃음이 나온다. 당장이라도 박장대소가 터질 것 같다. 목뒤에서 느껴지는 서늘한 느낌은 무시할 수 있을 정도다. 내 눈에는 오직 억이라는 숫자만 선명하게 비칠 뿐이다. 사람을 죽이는 게 죄? 빠져나올 수 없는 악의 소굴 속으로 들어가? 지금 그런 쓰잘데기 없는 철학은 이미 돈에 묻혀 사라진 지 오래다. 그리고 다시 폴더폰이 울린다.

-휴면과 로보트-

바로 주식 계좌에 있는 돈 전부 휴면과 로보트의 주식을 샀다. 이제는 의심과 불안은 없고 오직 완벽한 믿음과 기쁨만 느껴진다. 30%가 올랐고 팔았다. 그렇게 몇 번 반복했다. 며칠 간격으로 오는 문자, 5%, 10%, 8% 계속된 수익과 가끔은 번지점프처럼 떨어지는 종목도 있었지만, 전혀 불안하지 않았다. 며칠이 지나면 다시 복구되는 돈, 점점 부풀어 가는 계좌. 그렇게 김필정이 말한 3개월이라는 시간이 흘렀다. 방금 받은 문자로 모든 주식을 처분했다. 지금 계좌에는 22억이라는 돈이 있다. 숨이 막힌다. 몸에 힘이 간지럽게 들어오지 않는다. 그리고 폴더폰이 울린다.

-6시에 창고로 와라-

나는 그 문자를 받고 자리에서 일어난다. 시간은 오후 3시, 창고로 가는데 택시와 걸어가는 시간을 합치면 대충 2시간, 지금 1시간의 여유 시간이 남는다. 이제 주변 시야가 틔기 시작한다. 3개월 동안 주식 창만 보며 집에 처박혀 있었다. 씻지 않아 몸이 간지럽다. 일어나서 화장실로 간다. 화장실 거울에 내 모습이 보인다. 머리는 떡져 있고 눈 아래에는 다크서클이 잔뜩 내려와 있다. 수염은 더럽게 자라있다. 폐인처럼 꼬질꼬질한 내 모습 그리고 삐뚤어진 코. 그때 코가 부서지고 나서 제대로 된 치료를 받지 못해 삐뚤어졌다. 볼에 노란색으로 변한 희미한 멍 자국이 보인다. 노란색 얼굴과 삐뚤어진 코는 뒤로하고 몸을 씻는다. 몇 개월 만에 몸에 물을 묻히는 것 같다. 더러운 무언가가 씻겨 내려가며 상쾌한 기분이 든다. 그리고 돈, 22억. 처음에는 희미한 미소로 시작했으나 곧 거대한 웃음으로 커진다. 행복하다. 바에서 위스키와 함께 재즈를 듣는 것보다 행복한 적은 처음이다. 몸이 가볍다. 날아갈 것 같다는 기분이 이런 것일까?

몸을 깨끗하게 씻고 나서 물을 닦고 옷을 입는다. 그리고 택시를 탄다. 중간에 내려 창고로 걸어간다. 창고에 도착하고 항상 김필정을 만났던 방으로 들어간다. 의자에는 김필정이 앉아 있고 나는 자연스럽게 그의 맞은편 의자에 앉는다. 막상 그를 마주하니 긴장이 되지만, 확실히 예전보다 덜 하다. 22억이라는 돈이 생기니 그와 비슷해진 느낌이다. 당연히 그의 발끝도 넘지 못한다. 그래도 느낌이라는 게 있지 않은가?

"이거 받아라."

나의 오만한 생각을 끊고 김필정이 말한다. 이제 눈에 들어오는 것은 그의 손에 달린 한 장의 종이다. 나는 아무 말 없이 자리에서 일어나 그 종이를 받고 다시 의자에 앉는다. 방금 받은 종이에는 한 남성의 사진과 글씨가 적혀있다.

"최필이라는 사람이다. 국영 방송국에서 힘 좀 있는 PD인데 기업이나 업체에 있지도 않은 꼬투리 잡아서 방송에 내보내는 놈이야. 또 뒤로는 어떤 새끼랑 뉴스 내보낸 기업 공매도 쳐서 돈 받아먹는 아주 나쁜 새끼지. 저놈 때문에 장사하는 사람 많이 죽었다. 좌우지간 나랑 관련 없고 너랑도 없고, 됐지?"

나는 김필정의 말을 들으며 종이에 담긴 글을 읽어 본다. 이 심술 나빠 보이는 남성의 사진이 최필로 보인다. 그에 맞게 옆에 최필이라는 이름이 적혀있다. 그리고 그의 집 주소부터 일하는 방송국 사무실 자리까지 적혀있다. 그 아래에는 최필의 부인과 두 어린 아들의 신상도 적혀있다.

"그… 이 사람 혼자 사는 게 아닌가 봐요?"

나는 적혀있는 글을 다 읽고 종이를 접으며 김필정에게 말한다.

"그렇지. 문제가 되는 건가?"

문제라…. 나는 사람을 죽일 때 대상자의 집 안에서 살인을 진행하는 편이다. 아니, 모두 그래왔다. 근데 집에 살인의 대상자 말고 다른 누군가가 있다면 다른 방법을 사용해야 한다. 이제까지 사용해왔던 방법을 완전히 갈아엎어야 한다는 뜻이다. 그래도 큰 틀은 변하지 않으니 해볼 만하다는 생각이 든다.

"가족이 딸린 사람은 처음이네요. 문제가 있으면 연락드리겠습니다."

사실을 조금만 말하며 최대한 아무렇지도 않은 척한다. 그에게 나에 대한 불신의 걱정을 심어주면 안 된다. 김필정이 나를 믿지 못하는 순간 나는 죽는다.

"어~ 그래, 그래. 언제든지 편하게 연락해."

김필정은 유쾌한 웃음을 보여주며 말한다. 하지만 그의 웃음 속에는 칼날이 품어져 있다. 확실하다. 그리고 가족이 딸린 사람이라…. 이제 막 초등학교를 들어간 2명의 아들. 그리고 아내도 같이 산다. 내가 최필이라는 사람을 죽인다면 이 가정은 박살난다. 시들시들하게 변한 나의 양심이 조금은 따갑게 느껴진다. 좋지 못한 감정이 서서히 올라올 때 눈앞에 돈다발이 휘날린다. 기존의 사용했던 살인의 방법을 바꾼다고 해도 일을 끝내는데 길어도 4주. 그럼 한 달 만에 6억을 번다. 6억. 6억. 6억. 돈이 메아리처럼 머릿속을 돌아다닌다.

"그럼 한 달 정도 시간을 주면 되나?"

김필정이 나에게 말한다. 한 달 정도면 충분하고 어차피 제안은 수락해야 하지만, 우선 다른 질문을 건네본다.

"이 사람에게 당한 사람이 한두 명이 아닌가 봐요?"

김필정은 고개를 끄덕인다. 방금의 대답으로 조금은 따갑던 양심의 고통이 사그라든 것 같다. 갑자기 몰려오는 부담감 하지만 실수할 거라는 생각은 하지 않는다.

"집 주소까지 주셨으니까 안전하게 하면 한 달 정도 걸릴 것 같네요. 그럼 돈은 어떻게 들어옵니까?"

아무리 생각해도 사람을 죽인다는 게 마음에 걸린다. 그 불편한 마음을 나쁜 놈이라는 포장지로 감싸고 6억 속으로 깊숙이 묻는다.

"어떻게 줄까? 계좌로 찍어주면 좀 그럴 거잖아? 현금? 아니면 금? 시계? 일 만 잘 끝내고 골라서 이야기해. 다 해줄 수 있으니까."

그의 말과 함께 내 눈앞에는 신사임당이 그려진 현금다발과 반짝이는 금, 값비싼 명품 시계, 이탈리아 외제 차 등등 6억으로 살 수 있는 모든 것들이 실물처럼 지나간다.

"그럼, 일 끝내고 말씀드리죠."

계속 감정은 숨기며 최대한 무표정으로 대한다. 감정에 이상한 것들이 잔뜩 섞인다. 지금 느껴지는 감정은 뭐라 말하기 힘들 정도지만, 확실한 건 행복한 감정이 크게 느껴진다는 것이다.

그 이후 진행된 말은 이러하다. 다음부터 모든 것을 문자로 보낼 거니 이제 이곳으로 오지 않아도 된다고 한다. 내가 이곳에 끌려오고 자주 방문한 영상 기록과 내 집주변 CCTV 영상은 모두 지웠으니 걱정하지 않아도 된다는 말을 이어 붙인다. 그도 여기 온 이유를 창고 공사 관련으로 말하면 되니 신경 쓰지 말라며 꿀 발린 칭찬으로 말을 끝낸다. 하지만 나는 그의 칭찬을 완전히 흘린다. 그를 너무 가까이하지 않는다. 또한 그에 대한 것을 나에게 묻히기 싫다. 나는 김필정과 말을 끝내고 다시 집으로 향한다.

5. 작두

창고에서 1시간을 걸어가 택시를 불러 집과 멀리 떨어져 있는 곳에서 내린다. 노을의 끝자락만 보이는 시간. 달은 해를 밀치며 하늘 위로 나타나고 있다. 아까 김필정과 만났을 때 별로 긴장 따위는 하지 않았다고 생각했지만, 나의 착각이었나 보다. 뭔가 힘든 뜀걸음을 방금 끝낸 것처럼 몸이 지친다. 축축한 비를 맞으며 고개를 들고 숨을 크게 들이마시니 눈에 들어오는 전광판. BAR(바). 꽤 자주 오는 거리지만, 저기에 바가 있는지 오늘 처음 알았다. 어쩌면 내 눈높이와 맞지 않는 높은 곳에 있어서 보지 못한 것 같다.

　호기심이 내 발길을 이끈다. 그렇게 들어선 건물의 입구, 바는 3층에 있고 계단부터 낡은 바와는 차원이 다르다. 고급스럽다, 세련되었다는 말이 자동으로 나온다. 옛날에는 눈에 띄더라도 갈 생각조차 못 할 곳이다. 하지만 지금은 위스키 한잔으로 몇십만 원을 태워도 티도 나지 않을 정도에 돈을 가지고 있다. 뭔가 어깨가 쫙 펴지고 목에 힘이 들어간다.

　계단을 오르고 발에서 느껴지는 고급스러운 카펫, 벽면은 오래

되어 보이는 나무판자로 꾸며져 있다. 그리고 서서히 들려오는 재즈. 나는 재즈의 제목을 말한다. 잘 들리지 않게 흘러나오는 재즈이지만, 너무 유명한 곡이기에 제목을 알 수 있었다. 바로 들어가는 문은 검은색 가죽으로 고급스럽게 꾸며져 있고 아직 만져보지는 않았지만, 튼튼하고 두껍다는 게 느껴진다.

[Caste Bar]

가죽 문에 황금색으로 박혀있는 고급스러운 바의 이름, 카스트 바. 이 바의 사장이 무슨 의미로 이름을 저렇게 지었는지는 몰라도 뭔가 기분 나쁘고 거부감이 드는 이름이다. 뭐, 그건 가볍게 넘기고 문을 열어 안으로 들어간다.

이제 확실하게 귀에 감기는 기분 좋은 재즈, 빈티지 스타일로 너무나 잘 꾸며진 바의 인테리어, 주황색과 보라색 네온사인 조명이 은은하게 바 전체를 비추니 벌써부터 분위기에 취하기 시작한다. 젊고 스타일 좋은 바텐더 3명, 한 명은 능숙하게 칵테일 셰이커를 흔들고 있다. 그리고 사람들, 멋지다. 이쁘다. 정말로 이곳과 잘 어울리며 조화를 이룬다. 스카치위스키, 하이볼 칵테일, 치즈와 하몽, 두 잔의 와인, 재즈 속에 묻어 넘어오는 아름다운 말소리들. 뭔가 포탈을 타고 로맨스 영화 속 세계로 넘어온 듯하다. 갑자기 머리가 번쩍한다. 그리고 고개를 숙여 지금 내가 입고 있는 옷차림을 본다. 상표가 삭아 다 떨어진 검은색 운동복 바지, 브랜드도 알

수 없는 얇은 검은색 반팔 티를 입고 있다. 창피하다. 옷을 입고 있지만, 벌거벗은 느낌이 든다. 그리고 내 몸에서 풍기는 비릿한 비냄새가 콧속에 들어온다. 나는 고개를 숙이고 저 멀리 바 구석에 앉는다. 나의 착석과 함께 다가오는 바텐더, 친절하고 자연스럽게 넘어오는 인사말과 메뉴판.

바텐더 약지에 있는 은반지, 그리고 담배를 피운다. 정권에 미세하게 보이는 굳은살. 주먹 쓰는 일을 했거나 복싱 등 격투기를 어느 정도 단련한 사람이다. 귀는 멀쩡한 것으로 보아 아마도 복싱? 극진 공수도? 키는 174? 아니, 지금 그런 것은 신경 쓰지 말자.

고개를 내려 메뉴판을 본다. 하얀 종이 속 영어가 잔뜩 적혀있다. 다행히 영어는 읽을 수 있다. 하지만 그 옆에 0을 잔뜩 달고 있는 숫자가 나를 놀라게 한다. 옛날 같았으면 벌벌 떨 숫자들, 지금 전혀 문제가 되지 않는 금액이다. 머릿속으로는 이해가 간다. 그래도 무섭다. 아래로 내려갈수록 가격은 점점 올라가 가슴을 턱 막히게 한다.

"저기, 조니 워커 있나요?"

나는 소심하게 근처에 있는 바텐더를 부른다. 아직도 지금 나의 차림이 신경 쓰인다.

"예, 있습니다. 어떤 걸로 드릴까요?"

"어… 아니요. 멕켈란 25년, 온더락으로 주세요."

가격으로 나를 무섭게 하는 술 중 가장 맛이 궁금했던 술을 부른다. 바텐더는 내 말에 정중하게 고개를 숙이며 술을 따르러 간다. 나는 계속 주변을 살펴본다. 잘생긴 남자들과 아름다운 여성, 저기 환하게 웃으며 대화하는 한 여성이 눈에 비친다. 살짝 웨이브 진 생머리에 빨간색 드레스, 하얀색 벨트, 박하윤, 그녀가 같이 비추어 보일 정도로 비슷하다. 그리고 김필정이 가리킨 드럼통이 뒤이어 굴러온다. 공포. 내가 그 옆에 있는 드럼통에 들어갈 수 있다는 공포감이 갑자기 부풀어 오른다. 김필정이 나를 다 써먹고 죽일 거라는 두려움이 올라온다. 그때 바텐더가 다가오며 잔에 담긴 술을 건넨다. 잠시 무서운 생각은 버리고 술에 집중해본다. 항상 먹던 가격이 낮은 술과 별다른 것 없어 보인다. 그냥 갈색 보리차 같은 것이 얼음에 담겨있다. 하지만 가격은 내가 먹던 술과 10배 넘게 차이가 난다. 이 비싼 갈색 물이 담긴 술잔을 들어본다. 역시나 별다른 것은 없다. 술잔을 기울여 한입 마셔본다. 역겨운 쓴맛. 훈연향이나 여러 맛이 나긴 하지만, 내가 항상 먹던 술과 차이가 전혀 없다. 이 역겨운 술을 아무렇지도 않게 마시는 주변 사람들, 형형색색의 술을 기쁜 표정으로 마시고 있다. 행복하고 여유로워 보인다. 그리고 다시 보이는 나의 초라한 모습. 쪽팔리다. 그때 누군가 내 옆에 앉는다.

"안녕하세요."

여성의 목소리에 나는 고개를 돌린다. 시크하게 웃으며 나를 바라보고 있는 여성. 짧은 머리 스타일, 옆머리는 귀 뒤로 넘겼다. 꽤 많이 달려있는 귀의 피어싱, 오른쪽 콧방울에 작은 피어싱도 있다. 눈 끝이 올라가있고 그것을 화장으로 더욱 강하게 표출했다. 진한 립스틱과 포인트를 주는 자수정 목걸이. 그리고 라이더 재킷과 스타일을 위한 반지. 검은색 청바지 그리고 향수 냄새에 파묻혀 있는 담배 냄새.

"예."

나는 딱딱하게 인사를 받아준다. 일부러 그러는 건 아니고 갑작스러운 인사에 당황했기 때문이다. 이 여성도 이쁘다. 이 바에 올 정도면 돈이 없는 편은 아닌 게 확실하다.

'그래봤자 나보다는 적겠지만.'

피식 웃음이 새어 나온다.

"여기 자주 오시나 봐요?"

톡 쏘는 말투로 한 팔을 테이블 위에 두고 몸을 완전히 내 쪽으로 돌리며 말한다. 그리고 눈을 가리는 앞머리 몇 가닥을 손끝으로 쳐낸다.

"처음 오는데, 마음에 드네요."

나는 그녀의 말에 대답한다.

"아, 그러세요?"

그리고 시작된 이야기. 중간중간 말이 끊기긴 하지만, 어떻게든 그녀가 이어간다. 나의 이상한 옷차림에도 왜 이토록 관심을 보이는 것일까? 꽃뱀? 아니면 김필정이 나를 감시하기 위해 보냈나? 그럼 나에게 말을 걸면 안 되잖아. 뭐지?

"저는 25인데 나이가 어떻게 되세요?"

그녀는 한쪽 입꼬리만 시크하게 올리며 말한다.

"저는 27입니다."

"아~ 그럼 직장인? 학생?"

"예, 일하다가 지금은 잠시 쉬고 있죠."

내 말에 그녀의 한쪽 눈썹이 웨이브를 그린다. 어떤 부분이 그녀의 관심을 끌었는지는 몰라도 상당한 관심이 끌렸다는 표시다.

"그럼 실례가 안 된다면 혹시 어떤 일 했는지 물어봐도 될까요?"

그녀는 한쪽 손가락을 아랫입술에 대고 아까부터 시크한 웃음을 내게 보낸다. 나는 그녀에게 관심이 없을뿐더러 이 이상한 차림으로 이성과 대화는 더욱더 하기 싫다.

"프리랜서? 외국 갔다 오셨나요?"

내가 아무 반응이 없자 그녀가 나에게 질문한다.

"아니요. 그냥 서울에 있었죠."

"아~ 서울"

그리고 그녀는 잘 정리된 긴 손톱으로 자신의 와인 잔을 톡톡 두드리며 생각에 빠진 척을 한다. 당장 공장에 다녔다고 말하고 싶지만, 여기 분위기에 눌려 그런 말이 나오지 않는다. 그렇다고 지금 청부 살인 일을 한다고 말할 수는 없으니 그냥 가만히 있는다.

"여의도에서 일했나요?"

퀴즈를 풀 듯 나를 떠보는 말투, 어떻게 낡은 운동복 차림을 입고 있는 나에게 여의도라는 곳이 연상되었는지 모른다. 그러니 그녀에 대한 의심은 끝도 없이 커지고 있다. 슬슬 끝을 내고 여기를 떠나야겠다. 그녀가 너무 의심스럽기도 하고 지금 나는 여기에 어울리지 않는다.

"예…. 뭐, 그렇죠"

나의 대답에 그녀의 눈썹이 한 번 더 웨이브를 그린다. 그녀도 자신의 직업을 소개하며 이런저런 말을 하는데 내 상관 아니니 흘려들으며 잔에 남아있는 술을 모두 들이킨다. 그리고 그냥 자리에서 벌떡 일어나 술값을 계산하고 바에서 나온다. 어이없어하는 그녀의 표정에 이상한 웃음이 나오지만, 그녀와 이제 평생 볼일은 없을 것 같으니 괜찮다. 그렇게 다시 내려온 바닥. 분명 그곳에 있던 잘난 사람들 중에는 나보다 돈이 많은 사람은 없었을 거다. 확실하다. 하지만 뭐가 부끄러웠을까? 집으로 걸음을 옮기며 생각을 해본다. 그 누구도 나에게 눈길을 주지도 않았다. 조금의 관심조차 없었을 거다.

'그냥 자격지심인가?'

나는 고개를 끄덕인다.

집에 도착하고 해가 완전히 질 때까지 기다린다. 밤이 찾아오고 옷을 갈아입는다. 최대한 어둡고 얼굴을 가릴 수 있도록 말이다. 30분 후면 밖으로 나갈 거다. 그 사이 최필에 대한 것을 인터넷에 검색해 본다. 김필정의 말대로 문제가 많은 사람이다. 최필의 가짜 뉴스 때문에 자살한 사람이 꽤 있다. 정치권에도 손을 댄 것으로 보인다. 근데 정치 소식은 뉴스를 통해서 찾아보기 힘들다. 뭔가 꺼림칙하지만, 나와 상관은 없으니 괜찮다.

집 밖으로 나와 최필의 집 근처를 돌아다닌다. 최대한 사람들의 눈을 피하고 CCTV에 찍히지 않는 길로 말이다. 이 근방에 있는 카메라와 사람들 그리고 건물과 길을 포함한 교통 신호까지 어느 정도 파악할 때쯤 낯익은 얼굴이 나를 지나쳐 간다. 온몸에 찌든 담배 냄새. 키는 나보다 큰 걸 보니 180이 넘는다. 구두와 반팔 카라티 차림, 바지는 양복바지. 저 사람이 최필이다. 지금 그를 미행해도 상관은 없지만, 오늘 해야 하는 계획이 이미 끝이 났으니 굳이 따라가지 않는다. 계획 밖의 일을 즉흥적으로 했다가는 실수를 할 수 있기 때문이다. 아직 시간은 널널하다.

새로운 계획을 만들었다. 야외에서 사람을 완벽하게 죽일 수 있는 방법 말이다. 집 안에서 죽이는 것보다 훨씬 더 위험하고 예기치 못한 사고가 일어날 확률이 높지만, 다른 방법이 없었다. 최대한 그런 확률을 줄이도록 노력해 만들었다. 출입로를 설정하고 최필을 내가 의도한 장소로 유도할 방법과 살해 방법을 정한다. 탈출로와 시체를 처리할 방법, 증거 인멸 그리고 혹시 모르는 상황에 대비한 알리바이와 여러 장치까지, 17일이 걸려 완벽하게 만들었다. 처음 야외에서 사람을 죽이는 것이다 보니 꽤나 긴장도 되었지만, 계획은 실수 없이 잘 진행되었고 이게 맞는 말인지는 몰라도 잘 죽였다. 나의 4번째 살인. 한 가정의 가장을 죽였다. 점차 아무 느낌이 들지 않았다. 이제 살인이 익숙해진다.

-완료-

김필정이 일을 끝내고 문자를 남기라는 말은 없었다. 그래도 남겨본다. 별문제는 없을 것 같으니 말이다.

-지불 방법-

몇 분 지나지 않아 답장이 날아온다. 나는 6억을 금으로 받겠다는 문자를 보낸다. 바로 다음 날 1kg 금괴 8개와 각종 금 장신구가 담긴 작은 가방이 집 문 앞에 도착해 있었다. 6억을 현금으로 받지 않고 금으로 받은 특별한 이유는 없다. 그냥 어렸을 때 금괴를 집에 쌓아놓고 싶었던 꿈이 있었다. 그리고 금은 언제든지 현금으로 바꿀 수 있으니 사실상 현금 6억과 동일하다.

그 이후 한 달이 넘는 시간 동안은 아무런 일 없이 지냈다. 공장과는 완전히 연을 끊었고 김필정에게 연락도 없었다. 굳이 뭘 하고 지냈냐 묻는다면 그냥 돈을 썼다. 처음에는 100만 원짜리 술 그리고 3,000만 원짜리 시계를 화면상으로 보기만 했다. 이런 것들을 살만한 여유는 있지만, 아직 용기가 나지 않았다. 고기도 먹어 본 놈이 먹는다고 돈이 있어도 써 본 적이 없으니 뭘 해야 하는지 몰랐다. 처음으로 용기 내어 산 물건, 60만 원짜리 지갑이다. 이탈리아 명품 브랜드이고 뱀 한 마리가 기어 다니는 지갑이다. 마음에 들어서 산 것은 아니고 그냥 그 지갑이 눈에 들어왔을 뿐이었다.

처음이 어렵다고 했나? 그 뒤로 돈을 펑펑 썼다. 시계도 사고 옷도 사고 뭐도 사고 쓸데없는 것도 다 샀다. 집구석에 있는 금괴 옆에는 몇백만 원짜리 술들이 줄지어 서기 시작했다. 수십만 원 가격에 옷들이 술병 주변에 박스째로 쌓였다. 한 달 만에 1억을 썼다. 뭔가 허탈하다. 그래도 괜찮다. 아직도 돈은 넘친다.

어제 새롭게 산 술을 들어 병을 관찰하고 있을 때 저 멀리서 진동이 울린다. 충전기가 꽂혀있는 폴더폰. 저것의 존재를 완전히 잊고 있었다. 이번에는 전화가 걸려 왔다. 나는 전화를 받고 얼굴에 폴더폰을 붙인다.

"잘 지내냐?"

김필정의 목소리가 넘어온다.

"예."

긴장되니 말이 무뚝뚝하게 나온다. 그리고 잠시 동안 이어가는 시시한 이야기. 나는 가만히 앉아 있지 않고 자리에서 일어나 이리 저리 돌아다니며 그의 말을 듣는다. 최필이 사라졌다며 기분 좋아하는 말과 나를 더욱 신뢰하는 감정이 느껴진다.

"그래, 옆에 적을 것 좀 준비해봐라."

나는 그의 말에 바닥에 굴러다니는 영수증과 언제 썼는지도 모르는 볼펜을 들고 잉크가 나오는지 확인해본다.

"예, 말씀하세요."

"이름은 김성국, 국회의원이야. 앞에서는 상인들 좋게 만들어준다고 해놓고 뒤에서 노조 해체시키는 새끼다. 돈 받아먹을 거 다 먹고 로비 받고 성 접대 받고 그런 거 했는데, 중요한 건 우리와 어떠한 관계가 없다는 거지. 이제 집 주소 말해줄게, 잘 적어."

국회의원? 나는 김필정의 말을 듣자마자 글씨를 쓰고 있던 손을 멈춘다. 뭔가 단계를 많이 지나친 느낌이다.

"잠시만요. 국회의원을 건드려도 괜찮은 겁니까?"

나는 말을 조금 떨며 말한다.

"국회의원은 신이냐?"

김필정은 내가 던진 질문을 능청스럽게 되받아친다.

"아니, 그게 아니라…"

이 찝찝하고 불안한 기분, 넘으면 안 되는 선이라는 게 느껴진다. 그리고 솔직히 국회의원을 건드는 게 무섭다.

"그래도 국회의원이 실종되면 그냥 넘어가지 않을 것 같은데요? 다른 사람들은 갑자기 사라져도 큰 파장이 없는데… 국회의원이잖아요. 뒷일이 감당이 안 될 것 같아서요."

"시간은 넉넉히 줄게. 오래 걸려도 상관없다. 안전하고 여유롭게 가자고. 내가 너를 믿으니까 국회의원 정도의 일을 주는 거 아니니? 너는 완벽해! 경찰이 조사한다고 해도 너 말대로 증거가 없는데 뭘 하냐? 그리고 내가 뒷감당은 어느 정도 커버가 가능해. 그정도 능력은 있다. 걱정하지 마."

"예… 그렇죠."

김필정의 말이 맞기는 하다. 나의 계획은 완벽하다. 항상 그래왔다. 하지만 그래도 국회의원은 아닌 것 같다는 생각이 떠나질 않는다.

김필정은 김성국의 집 주소를 말해준다. 그리고 그의 중요 스케줄을 말하고 문자로 그의 사진을 보내준다며 전화를 끊는다. 영수

증 뒤에 김필정의 말을 모두 받아 적고 그 위에 볼펜을 내려놓는다. 그리고 잠시 서 있는다. 벌써부터 긴장이 된다. 아무리 생각해도 국회의원은 아닌 것 같다. 그래도 시간은 넉넉하게 준다니 괜찮다. 그래! 할 수 있다. 국회의원이 뭔 신도 아니고.

"하…."

한숨과 함께 머리를 박박 긁는다. 갑자기 방송국 PD에서 국회의원이라니, 뭔가 이상하다. 하지만 눈을 감고 심리적 안정을 취해본다. 어차피 해야 한다. 숨을 천천히 내쉬며 나에게 완벽하다는 최면과 함께 6억을 생각한다.

"6억. 6억."

밖에는 습한 기운과 함께 회색 먹구름이 하늘을 뒤덮기 시작한다. 이제 비를 진정으로 쏟을 준비를 하고 있다.

나는 매트리스에 앉아 김성국을 검색해 보았다. 김필정에게 들은 것처럼 말도 많고 탈도 많은 사람이다. 실제로 노조 탄압 이야기가 뉴스에서 주를 이루고 있으며 성 접대나 여러 예민한 부분은 삭제가 되었는지 보기 힘들다. 그리고 그냥 국회의원이 아니라 거물급 의원이다. 5선 의원에다가 제1야당에 소속되어 있는 사람이다. 이런 정보를 알고 나니 더욱 부담감이 느껴진다. 진짜 큰일이 날 수도 있다.

"그럼 더 완벽하게 하면 되는 거잖아. 항상 그래왔던 것처럼, 그치?"

밝게 웃으며 혼잣말을 해 보지만, 눈앞이 캄캄하다.

다음날 바로 밖으로 나갔다. 하늘은 이제 완전히 먹구름으로 덮여있다. 바닥은 축축하게 젖어있고 곳곳에 물웅덩이가 보이지만, 비는 잠시 멈춘 듯하다. 하지만 비가 오기를 바란다. 혹시 있을 실수가 거센 비에 휩쓸려 사라지니 도움이 된다.

김성국이 사는 동네에 도착했다. 서울에서 부자 동네로 이름이 난 곳 중 하나다. 차들은 전부 외제 차로 억 소리 나는 차들이다. 돌아다니는 사람은 잘 보이지 않고 CCTV는 집집마다 매달려있다. 저 집은 뭔지 몰라도 경호원까지 앞에 서 있다. 이렇게 된다면 카메라에 완전히 찍히지 않는 것은 불가능이다.

동네의 길을 파악하는 것은 쉬웠다. 하지만 문제는 각 집마다 최소 10대는 박혀있는 CCTV와 구석구석에 숨어있는 경호원들이다. 각 CCTV의 사각지대와 경호원들의 일과도 전부 알아야 했기에 계획이 더욱 복잡해진다. 그리고 워낙 보안을 철저하게 하고 있으니 생각할 것들이 전에 했던 일들과는 다르게 배로 늘어난다. 처음에는 답이 없는 줄 알았지만, 2주 정도 밤낮을 지새우면서 CCTV의 사각지대를 발견했고 겨우 한 길을 찾았다. 그럼 출입로와 탈출로를 정한다. 그 이후 더 이상 생각할 것도 없다. 계획을 만드는 데 1달하고 2주라는 시간이 걸렸다. 그리고 그 계획을 검토

하는데 1주라는 시간을 더 사용했다. 그렇게 56일 만에 김성국 국회의원을 죽였다. 실수는 없었고 언제나 그랬듯이 완벽했다.

집에 현금 4억과 2억짜리 시계가 도착했다. 시계를 손목에 차본다. 근데 뭔가 어정쩡하다. 시장에서 쉽게 구할 수 있는 중국산 가짜 시계처럼 보인다. 내가 제대로 꾸미지 않아서 그런가 하는 생각이 들어 자리에서 일어난다. 방구석에 쌓여있는 비싼 옷을 입고 최대한 색깔과 스타일을 맞추어 본다. 언제 산지도 모르는 싸구려 왁스로 머리를 대충 만지며 최대한 멋을 낸다. 그리고 화장실 거울 앞에 선다. 머리는 소가 핥은 것처럼 부스스하다. 얼굴은 까무잡잡하고 코는 왼쪽으로 삐뚤어져 있다. 한숨을 쉬며 옷을 벗고 시계를 손목에서 떼낸다. 꾸민다고 달라지는 것은 없었다.

머리에 덕지덕지 붙은 왁스를 씻어내고 다시 매트리스에 앉는다. 그리고 고개를 뒤로 돌려 원룸에 하나 있는 작은 창문을 본다. 건물에 가려져 밖이 제대로 보이지 않지만, 비가 온다는 것은 알 수 있다. 공기는 습하고 여름이라 덥기도 덥다. 가만히 있어도 짜증이 올라오는 날씨다. 숨쉬기도 갑갑하다. 저기 비어있는 방의 구석을 보며 에어컨 하나 살까 하는 생각이 들 때쯤 진동이 들려온다. 김필정에게 걸려 온 전화다.

"여보세요?"

나는 자리에서 일어나 폴더폰을 얼굴에 붙이고 방안을 어슬렁거린다. 김성국 일을 끝낸 지가 이제 막 10일이 지났는데, 벌써 새로운 일을 주는 것은 이상하다. 아니면 뭔가 실수를 했나?

"어 그래, 나다."

김필정의 말투가 딱딱하다. 뭔가 문제가 있나? 라는 생각이 점점 선명하게 들지만, 그랬으면 김필정이 아니라 경찰이 직접 찾아왔을 거다.

"종혁아, 뉴스 봤니?"

"아니요."

김필정의 입에서 뉴스라는 이야기가 나오자 불안한 생각이 확신으로 변한다. 뭔가 문제가 생겼다. 그리고 대답과 마찬가지로 뉴스도 본 적이 없기에 뭔 일이 일어났는지 모른다. 그러니 불안과 공포는 기하급수적으로 불어난다. 시발! 역시 국회의원은 아니었다.

"그래? 김성국이 납치되었다고 나오더라."

그의 말에 침이 꼴깍 넘어간다. 눈이 심하게 깜빡여진다. 손이 떨린다. 숨이 나오다 멈추고 알 수 없는 가래가 목에 걸린다.

'어떻게 안 거지? 아니, 그보다 왜 실종이 아니라 납치로 나온 거야?'

그럼 경찰 수사의 방향이 납치로 잡히고 내가 용의선상에 오를 수도 있다. 하지만 증거가 없으니 잡히지는 않을 거다. 그래! 맞아.

어떠한 증거도 남기지 않았으니 괜찮다.

"괜찮아요. 제가 용의선상에 오를 일도 없고, 오른다고 해도 알리바이도 있어요. 증거가 아예 없습니다. 저희랑 연관된 사람도 아니고요. 진짜 괜찮아요."

나는 최대한 침착하게 말한다. 여기서 내가 불안해하면 더 이상해진다. 거칠어진 숨을 다잡고 손에 힘을 풀어 떨리는 손도 멈추어 본다. 눈에 힘을 주고 초점을 잡아 바닥에 줄 서 있는 술을 본다. 폴더폰 넘어 들려오는 김필정의 씁쓸한 한숨. 온몸이 따갑다.

"맞아. 너 말이 맞아."

김필정이 이어하는 말은 실제로 경찰들이 아무것도 모른다는 것이다. 김성국 집에 녹음기가 있었고 녹음기에 납치로 의심되는 소리가 담겨있었다. 그래서 그 녹음기에 담긴 소리로 경찰이 납치라고 생각하는 건데, 소리만으로 뭘 찾을 수가 없으니 사실상 큰 문제는 아니라고 한다. 그의 말을 들으니 뭔가 안심이 되는 듯한 착각이 든다.

"그래, 나도 더 알아보고 수습할 거 있으면 해주마."

"감사합니다."

나는 저 말이 거짓이라고 생각한다. 굳이 김필정이 모든 위험을 무릅쓰고 내 뒤를 봐줄 리가 없다. 진짜 문제가 있었다면 벌써 나를 죽였을 거다. 어쨌든 전화는 끊겼고 온몸에 긴장이 빠져나간다.

그래도 불안감은 완전히 씻기지 않았다.

'어떤 미친 사람이 집에 녹음기를 숨겨놓았을까? 아니면 다른 사람이?'

그게 더 말이 안 되는 일이다.

"후…"

한숨을 내쉬며 머리를 긁는다. 나의 존재가 세상에 알려졌다. 하지만 그냥 작은 실수로 넘기고 잊자. 나는 완벽하다. 아무 일도 없을 거다. 경찰은 절대로 나를 잡을 수 없다. 걱정하지 말자.

6. 문제

밖에는 비가 온다. 나는 그냥 멍하니 매트리스에 누워있다. 머리가 핑핑 돈다.

'술을 마셨나? 아닌가? 그보다 언제부터 누워있었지?'

몸이 붕 뜬다. 무겁다고 해야 하나? 무중력? 뭐라고 설명하지 못하겠다.

쾅 쾅 쾅

누군가 문을 강하게 두드린다. 그 소리에 몸을 일으킨다. 갑자기 몸이 가볍다. 괴리감이 느껴질 정도로 몸이 가볍게 뜬다.

'아니, 잠깐만 내가 인기척을 느끼지 못했다고?'

이상한 의심이 들어 주변을 둘러보려고 하니 나는 현관 앞에 서 있고 손이 알아서 현관문을 열고 있다.

"박종혁 씨죠?"

서서히 열리는 문틈 사이로 두 명의 경찰이 말한다. 그리고 곧장 내 팔을 붙잡으며 집 안으로 들어온다.

"당신을 국회의원 살인 혐의로 체포합니다."

경찰이 내 팔을 뒤로 꺾으며 수갑을 꺼낸다.

"아니야! 증거 있어?"

나는 소리를 지르며 몸부림을 쳐본다. 근데 몸이 그물에 묶인 것처럼 움직여지지 않는다. 정확히는 몸에 힘이 들어가지 않는다. 답답하다. 안돼! 이대로 잡힐 수 없다. 아니, 침착해 보자.

"시발 새끼야! 증거 있냐고!! 영장 있어?!"

침착은 개뿔, 나는 미친개처럼 소리를 내지른다. 근데 경찰들은 아무 말 하지 않고 내 손목에 수갑을 채운다. 이상하게 경찰들의 얼굴이 모자에 가려져 보이지 않는다. 안된다. 이렇게 잡힐 수는 없다. 내 인생은 이렇게 끝날 수 없다!

"왜…. 나 죽였어?"

목청이 꽉 막힌 듯 기괴한 목소리가 들려온다. 내가 고개를 돌리니 저 멀리 금괴 옆에서 눈이 없는 여성이 기어 온다. 숨이 막힌 듯 컥컥거린다. 중학교 담임 선생님, 내가 처음으로 죽인 사람이다.

"왜…. 나 죽였어?"

선생님의 눈에서 피가 흐르기 시작한다. 혀가 길게 튀어나와 바닥에 쓸린다. 바닥을 기며 나에게 점점 다가온다. 그리고 경찰들은 나를 넘어트리고 등 뒤에 올라타 소리를 지른다. 바닥에 눌린 내 얼굴. 얼굴이 세게 부딪혔지만, 고통은 느껴지지 않는다. 내 눈앞에 죽은 선생님의 얼굴이 바짝 붙어있다.

"내가 너 평생 저주할 거야. 저주할 거야. 저주할 거야."

선생님이 차갑게 식은 두 손을 뻗는다. 그리고 저 매트리스 위에서 김필정이 칼을 들고 나를 보고 있다.

"종혁아, 이제 그만하자."

김필정이 씨익 웃으며 뒤에서 드럼통이 굴러온다.

번쩍 눈이 떠진다. 찝찝한 습기와 함께 식은땀이 몸 전체에 흐른다. 또 잠에서 깼다. 벌써 몇 번째인지 모르겠다.

"시발…. 잠 좀 자고 싶다."

나는 몸을 일으킨다. 그리고 옆에 있는 물병을 들어 목을 축인다. 요즘 들어 불면증에 시달리고 있다. 겨우 잠이 든다고 해도 기괴한 악몽 때문에 금방 잠에서 깨기 일쑤다. 김성국 납치 소식을 김필정에게 들은 이후 매일 이렇다.

저번 주부터 그가 납치당했다는 뉴스가 대문짝만하게 나오고 있지만, 별다른 증거가 없어 수사에 난항을 겪고 있다는 소식이 이어지고 있다. 그리고 김필정은 지금 조용히 있는 게 좋다고 판단한 건지 몇 달은 서로 연락이 없을 거라고 문자를 보냈다.

우선 방에 불을 켠다. 오늘 잠은 다 잤다.

톡!

토톡!

창밖에서 거센 비가 원룸의 작은 창문을 두드린다. 다시 매트리스에 앉아 한숨을 내쉰다. 수사에 난항을 겪고 있다지만, 솔직하게 말하자면 경찰에 붙잡힐 것 같다는 생각이 사라지지 않는다. 지금 뉴스에서 매일 김성국에 대해 떠들고 있고 수사 방향 변경과 경찰 인력을 추가 투입하겠다고 말하고 있는데 불안하지 않다면 거짓말이다. 그러니 생각은 김필정이 나를 죽인다는 결과까지 도달한다. 다시 한숨이 나온다. 머리가 아프다. 피곤하기도 하고…. 몸을 일으켜 샤워하기 위해 화장실로 향한다. 습기와 악몽으로 흐른 땀 때문에 몸 전체가 끈적거린다. 잠도 깰 겸 찬물로 샤워하기로 한다.

찬물로 끈적함을 씻어냈다. 그리고 옷을 입지 않고 알몸으로 가만히 서 있는다. 오늘은 주말, 이제 공장은 다니지 않으니 평일이든 주말이든 일이 없는 것은 똑같다. 이제 집에서 쇼핑하는 것도 질렸다. 1억으로 홀로 주식을 해봤다. 지금은 2,000만 원이 되어 있다. 벌써 한 달째 집에서 가만히 있었던 것 같다. 오늘은 그냥 오랜만에 밖으로 나가기로 한다. 누군가 내가 밖으로 나간다는 행동이 이해가 되지 않을 수도 있다. 당연하다. 지금 밖으로 나가는 것은 미친 짓이다. 하지만 무시할 수 없는 불안감에 반항하는 행동이다. 또한 내가 완벽하다는 자신감을 채우기 위한 행동이기도 하다. 살해 도구와 시체를 포함한 어떤 증거도 찾을 수가 없는데 어떻게 범인을 잡겠는가?

우산을 챙겨 밖으로 나간다. 불안감을 떨치기 위해 한 행동이지만, 오히려 더 불안하다. 그렇다고 고개를 숙이며 얼굴을 가리는 행동은 이상하다. 허리를 펴고 당당하게 걷는다. 목적지는 없다. 그냥 오랜만에 밖으로 나오고 싶었다. 한 20분 정도 걷다 보니 한 카페 앞에 걸음이 멈춘다. 별카페, 전 세계적으로 인기가 있는 카페. 지금까지 마셔본 커피는 공장 자판기에 있는 파란색 캔 커피가 전부이고 카페라는 곳은 태어나서 단 한 번도 가본 적이 없었기에 더욱 호기심이 생겨 별카페 안으로 들어간다.

밖에 비가 잔뜩 쏟아지는데도 카페에는 사람으로 북적인다. 이상한 드릴? 압축기? 같은 기계 소리가 섞여 시끄럽다. 바닥에는 우산에서 흐른 비가 축축하게 모여있고 흙과 섞여 흙탕물로 변했다. 에어컨 때문에 습기는 없어 시원하다. 우선 나는 고개를 들어 저 위에 달려 있는 메뉴판을 본다. 글씨가 작아서 잘 보이지 않는다. 보인다고 해도 뭔 말인지 도통 알아들을 수가 없다.

아메리카노(Americano)

여기저기 눈을 두다 가장 익숙한 단어에서 눈이 멈춘다. 그나마 들어본 이름이다. 대충 둘러보니 옆에 사람들이 긴 줄을 이루고 있다. 주문하는 곳 같으니 가장 뒤에 선다. 그리고 다시 주변을 둘러본다. 딱히 나를 알아보거나 나에게 관심 있어 보이는 사람은 없다. 이유 없이 긴장이 된다. 누군가 나를 쳐다보고 있는 것 같다. 숨이 막히고 손바닥이 간지러우며 땀이 난다.

"예, 주문 도와드릴게요."

한 10분 정도 서 있다 보니 드디어 내 차례가 왔다.

"아메리카노요."

"아메리카노 하나요~ 아이스로 드릴까요?"

"예, 그걸로 주세요."

딱히 뜨거운 거 차가운 거 가리는 스타일은 아니지만, 이 날씨에 뜨거운 것은 피하고 싶다.

"사이즈 톨 맞으시죠?"

"예…? 예, 예."

방금 말은 이해하지 못했으나 그냥 대답했다. 어쨌든 주문한 커피가 나올 것 아닌가? 종업원은 너무나 인위적인 웃음을 지으며 나에게 영수증을 건넨다. 영수증에는 알파벳과 숫자가 조합되어 있고 그것이 내 번호라고 말해준다. 뭐, 그렇단다.

커피는 거의 바로 나왔다. 검은색 쟁반 위에 플라스틱 컵이 하나 있다. 그리고 검은색 물에 얼음, 별건 없다. 우산은 손목에 걸고 쟁반을 든다. 그리고 옆을 본다. 사람으로 꽉 차 있다. 계단을 타고 위로 올라간다. 넓은 2층, 의자와 탁자가 잔뜩 있지만, 1층보다 사람이 더 많다. 3층으로 올라간다. 2층과 별반 다른 것 없는 광경이다. 그러나 저 멀리 구석에 테이블 하나가 비어있다. 그래, 저런 곳이 나에게 편하다.

커피가 담긴 쟁반은 작은 원탁 테이블 위에 놓고 손목에 걸린 우산은 대충 바닥에 던진다. 그리고 의자에 앉는다. 피곤하다. 눈이 모래라도 낀 것처럼 뻑뻑하다. 피곤한 한숨을 내쉬며 커피를 들어 빨대를 쪽 빨아 본다. 바로 인상을 잔뜩 찌푸리며 커피를 내려놓는다. 쓰다. 단맛 하나 없이 쓰다. 물에 탄 한약 같다. 이런 걸 왜 돈 주고 마시는지 모를 정도로 맛이 없다.

나는 인상을 쓰고 다시 커피를 쪽 빨며 커다란 유리창 밖을 본다. 비가 내린다. 차는 꽉꽉 막혀 걸어가는 사람들이 차보다 더 빨리 움직인다. 그리고 거슬리게 눈에 들어오는 카페 안 사람들. 커피를 앞에 두고 노트북을 열심히 두드리는 사람, 그냥 얼음만 들어있는 컵을 테이블 위에 두고 책을 읽는 사람, 이야기하는 아줌마들, 서로 손을 잡고 눈을 마주 보고 있는 커플들, 별의별 사람들이 다 있다.

'하긴 이곳에 살인자도 있는데.'

마음속 이상한 혼잣말에 웃음이 터진다. 다행히 이 쓰라린 커피가 내 피곤을 잡아갔다. 점점 눈이 환해지고 졸음에 절은 정신도 깨어나기 시작한다. 그때 고개를 두리번거리며 3층으로 올라온 남자. 양복 차림에 왁스를 묻혀 올린 머리 스타일.

'주말인데 왜 저렇게 꾸몄지? 소개팅인가?'

남성의 손에는 검은색 긴 우산이 들려져 있다. 그는 사람을 찾 듯 주변을 열심히 두리번거린다. 그리고 나와 눈이 마주친다. 그때 뭔가 이상하다는 게 느껴진다. 그걸 증명하듯 남성은 나에게 다가 온다. 그리고 내 앞에 있는 작은 의자를 빼 앉는다.

"비가 오는 주말에 출근까지 하니 기분이 그렇게 좋지는 않네 요. 밖에 차가 얼마나 막히던지 여기까지 오는데 2시간 정도 걸렸 어요."

남성은 차분하게 우산을 바닥에 두고 어깨에 조금 묻은 빗방울 을 손으로 털어내며 말한다. 그리고 눈썹을 긁는다.

'무슨 소리지? 잘못 앉은 건가?'

그건 말이 안 된다. 나와 눈이 마주치고 나를 찾은 듯 이곳에 앉 았다. 근데 완전히 처음 보는 사람이다.

'누구지? 먼 가족? 카페 매니저? 김필정이 보낸 건가?'

"뭐에요?"

나는 그 남성을 잔뜩 경계하며 말한다.

"뭐는 아니고요. 박종혁 씨 맞죠? 제가 집으로 찾아가려고 했는 데 여기에 있으니 고맙네요. 그쪽에는 주차장이 없어서 조금 그랬 거든요."

남성은 옷매무새를 가다듬으며 정중하게 말한다.

내 이름과 집의 위치를 알고 있다. 진짜 누구지? 경찰? 종교? 무엇이든 내 앞에 앉아 있는 저 사람에게 가져다 붙여도 답은커녕 조금의 예측조차 되지 않는다.

"아니, 누구세요?"

그는 내 말에 재킷의 속을 뒤적거리다가 명함 하나를 꺼낸다. 그리고 나에게 건네는 것이 아니라 손에 들고 보여준다.

서울중앙지방검찰청, 이진수 검사

명함에 있는 글씨를 읽자마자 머릿속에 있던 많은 생각들이 새하얀 재로 변해 날아간다. 너무 당황해서 그런지 정말 아무 생각도 들지 않는다. 그는 들고 있는 명함을 다시 재킷 속주머니에 넣는다.

"이런 사람이고요. 황민수, 김혜린 이 사람들 종혁 씨가 죽였죠?"

"그건 저 아닌데요."

아….

좆 됐다.

실수했다. 생각 없이 그냥 나오는 대로 말을 뱉었다.

'어떻게 해야 하지?'

생각하면 그 생각들이 태풍을 맞은 파도처럼 걷잡을 수 없이 난리를 피운다. 머릿속이 혼란스럽다. 도저히 방금 저지른 실수를 만회할 방법이 생각나지 않는다.

"그게 아니면 김성국?"

이진수 검사는 뭔가 걸려들었다는 희미한 웃음을 지으며 나에게 질문한다.

김성국이라는 이름을 들었을 때 심장이 무너져내린다. 허무하다. 한마디에 말로 지금까지 했던 모든 것이 무너지게 생겼다. 나는 병신이다.

'왜! 왜!'

아니, 자책하지 말자. 우선 벗어나야 한다. 그래, 나는 아무것도 모른다. 나는 사람을 죽이지 않았다. 증거가 없다. 그냥 일반인이 이 상황을 겪고 있다면 지금 뭐라고 할까?

"그게 무슨 소리예요?"

나는 최대한 눈을 크게 뜨며 지금 느끼고 있는 당황스러움을 표정에 잔뜩 드러낸다.

"김성국 국회의원 모르시나요? 요즘 뉴스에서 핫하게 오르신 분인데."

"아니, 뭐, 어쩌라고요. 몰라요."

나는 계속 당황한 척 고개를 두리번거린다. 끝까지 모르는 척으로 상황을 끌어야 한다. 아직 별다른 방법은 생각나지 않는다.

"그래요. 어디부터 말씀드려야 할까요? 정식 수사가 진행된 것은 아니고요. 검찰이나 경찰이 박종혁이라는 사람을 인지한 것도 아니고요. 종혁 씨가 유명한 사람도 아니고, 어떻게 보면 저의 운이 좋았다고 해야 하나요?"

저 검사 놈이 이해하기 힘들게 말을 빙빙 돌려가며 나를 떠보고 있다. 간질거리는 저 말투, 당장 일어나서 한 대 쥐어박고 싶을 정도다.

"뭐야, 정신병 걸렸어요? 꺼져요."

이제 슬슬 짜증을 낸다. 카페인 때문인지는 몰라도 막을 수 없던 당황함은 서서히 가라앉고 생각이 정리되기 시작한다. 어떻게 나를 김성국을 죽인 범인으로 생각하여 찾아왔는지는 모르겠지만, 그의 말을 들어보니 확신이 없어 보인다. 아까 실수는 했어도 그것만으로 나를 어떻게 할 수 없다.

"에이~ 왜 그래요. 위에서 계속 쪼아대서 제가 지금 짜증이 많이 나 있거든요. 그냥 좋게 좋게 갑시다. 저는 다 알고 왔어요. 굳이 말하자면 종혁 씨를 도와주러 온 사람이에요."

그는 능청스러운 영업사원 같은 말투로 눈웃음을 친다.

"솔직하게 종혁 씨가 김성국 죽였죠?"

내 쪽으로 상체를 기울이고 손으로 입을 가려 말소리가 옆으로 새어 나오지 않게 말한다.

"제가 사람을 왜 죽여요. 이상한 사람이네…."

지금 저 사람을 분석하고 뭘 할 게 아니다. 이상한 사람을 만났다 치고 그냥 넘기자.

나는 이 자리를 떠날 준비를 한다. 커피를 손에 들고 의자에서 엉덩이를 뗀다. 이대로 벗어나기에는 뭔가 찝찝하지만, 지금 이 방법이 최선의 방법이다.

'아니, 잠깐만 납치범이 아니라 살인범으로 생각한다고?'

이진수 검사와 지금 끝장을 봐야 한다. 손에 들었던 커피를 테이블 위에 내려놓고 다시 의자에 앉는다. 굳이 김성국 이야기를 꺼내고 내 집 주소까지 안다는 말을 하는 것 보면 여기서 나간다고 끝이 날 게 아니다.

나는 이제 숨김없이 본색을 드러낸다.

"당신…."

"제가 경찰 붙여서 제대로 수사하면 정말로 아무것도 안 나올 거라고 생각해요?"

이진수 검사는 표정을 진지하게 굳히고 내 말을 끊는다. 나를 마주 보는 그의 눈빛은 아무렇지도 않지만, 그의 말에 침이 꼴깍 넘어간다. 항상 나는 내가 완벽하다고 믿었다. 그러나 진짜 경찰이 작정하고 수사를 한다면 뭔가 나올 수도 있다.

"저는 종혁 씨가 김성국 국회의원을 납치가 아니라 살해했다고 확신합니다. 그리고 3일 뒤에 위로 보고를 올릴 거예요. 정식 절차는 아니지만, 어쨌든 그게 중요한 게 아니잖아요? 쪽지 안에 전화번호가 적혀있어요. 3일 안에 그 번호로 전화 주세요. 저는 최대한 도움을 주고 싶어서 이러는 거예요."

이진수 검사는 바지 주머니 속에서 작은 쪽지 하나를 꺼내 내 앞으로 밀며 말을 끝낸다. 그리고 바닥에 있는 우산을 챙기고 자리에서 일어나 아래로 내려간다. 내 눈앞에 보이는 그가 남기고 간 커피와 종이쪽지.

'뭐지, 뭐가 잘못된 거지? 김성국 집에 있던 녹음기? 말소리 하나 없는데 나를 찾았다고?'

말이 안 된다. 아까 운이 좋았다고 말한 거 보니 그냥 찍은 거다.

'시발! 그게 더 말이 안 되잖아. 아니 어떻게 된 거야? 김필정이 나를 팔아먹었나?'

그것도 말이 안 된다. 지금 이진수 검사라는 사람이 나를 찾아온 것은 도저히 설명이 되지 않는다. 개연성이 없다. 아무런 연관이 없다. 나는 이를 악물며 이마를 쓸어 넘긴다.

'그럼 감옥에 가나? 아니, 죽는 건가? 좆 됐다.'

머릿속에는 오직 쓸데없는 욕만 가득 차오른다.

'지금 있는 돈을 다른 곳으로 빼놔야 하나? 김필정에게 말해야

하나? 어떡하지?'

생각이 정리되지 않는다. 이마에서 손을 떼고 잇새로 욕을 내뱉는다. 우선 여길 나가자. 나는 다급히 우산을 집어 들고 1층으로 내려가 건물을 떠난다. 그리고 곧장 집으로 향한다. 최대한 빨리 말이다.

집에 도착해 지금 매트리스 위에 앉아 있다. 온몸이 장맛비에 젖어있다. 앞머리 끝에서 빗물이 똑똑 떨어지고 젖은 옷은 몸에 짝 달라붙어 있다. 지금 몇 시간째 내가 했던 살인들을 되짚어 보고 있다. 아무리 봐도 나를 찾을 수 있는 요소가 없다. 그래! 나를 찾을 수는 있다고 하자 그래도 절대로 나를 범인으로 잡아가지 못한다. 증거가 없다. 그렇다고 내가 살인범이라는 정황도 없다.

"그럼 시발! 나를 어떻게 찾은 거야."

다시 생각은 원점으로 돌아간다.

010- 34F2 -2He2

반쯤 젖어 있는 쪽지에 적혀있는 전화번호다. SNS나 메신저에 가입도 되어있지 않다.

'전화를 하는 게 옳은 판단인가?'

아직… 좀 더 생각해 보자. 이후 방구석에 쪼그려 앉아 있었다.

시간은 하루가 지나 오전 8시. 밤을 꼴딱 새웠다. 불은 모두 꺼놨다. 잠은 당연히 올 리가 없었고 배도 고프지 않다. 주변에는 종이와 팬이 나뒹군다. 김필정에게 연락은 없다. 머리가 빠질 것 같다. 숨을 천천히 내쉬어 보지만, 숨이 떨린다. 수만 가지 생각의 결론은 하나로 통일된다. 이진수 검사에게 전화를 해야 한다는 것.

내 손에 들려있는 핸드폰, 어두컴컴한 집 안 때문에 화면이 더욱 환하게 빛난다. 그리고 쪽지에 적혀있는 전화번호를 입력해놨다. 지금 아래 초록색 전화 버튼을 누르기만 하면 전화가 걸린다. 하지만 전화를 할 건지에 대한 고민을 몇 시간째 하고 있다. 이럴 때는 방법이 있다. 그냥 아무 생각 없이 전화를 건다.

"씨… 시발"

통화음이 들린다. 이렇게 긴장되는 통화음은 세상 처음이다.

'전화를 받으면 뭔 말을 해야 하지? 받기는 할까?'

아니, 역시 전화를 걸면 안 됐다.

'그냥 김필정에게 말할 걸 그랬나?'

아니다. 그건 절대로 안 된다.

"예, 종혁 씨."

전화가 받아지고 남성에 목소리가 들린다. 이진수 검사. 바로 나인 것을 아는 것 보니 내 전화번호를 알고 있었다.

"전화 달라고 해서."

당장 생각나는 말을 뱉는다.

"예, 예. 마침 오늘 시간이 비네요. 그럼 오늘 밤 11시에 그때 봤던 카페 앞으로 오세요."

전화가 끊긴다. 갑자기 끊긴 전화에 짜증도 나지만, 깊은 한숨이 먼저 나온다. 생각해 보니 이진수 검사의 목적은 범인 체포가 아닌 것을 알 수 있다. 그래! 이 당연한 것이 지금 생각났다. 그래, 그래. 뭔가 이제 생각의 줏대가 잡힌다. 나를 잡아갈 것이었다면 검사가 아니라 경찰이 찾아왔어야 한다. 그때 나를 도와준다고 했던 말이 거짓말이 아니다. 나와 무언가 딜을 하고 싶어 한다. 확실하다! 아니면 이런 상황까지 오지 않았다. 내 생각은 절대로 틀리지 않는다. 저번에는 실수를 했지만, 정신 바짝 차리고 간다면 실수는 없다. 이번에 잘 넘겨보자.

시간은 오후 10시 55분. 비를 막아주는 우산 아래 가만히 서 있다. 별카페는 방금 마감을 하고 문을 닫았다. 오늘따라 내리는 비가 억세서 그런지 길거리에 돌아다니는 사람도 없다. 핸드폰의 화면을 켜서 시간을 확인해본다. 10시 56분, 한 5분 정도 서 있었다고 생각했는데 방금 막 1분이 지났다. 여기로 오기 전 12시간 정도 이진수 검사와 대화하는 시뮬레이션을 돌려보았다. 어떤 질문을 해도 다 받아넘길 수 있다. 어차피 내가 불리한 조건이다. 나를 협박하는 식으로 나올 거다. 그래도 최대한 유리한 쪽으로 끌고 가

보자.

저 멀리 비를 뚫고 다가오는 회색 세단 차량. 방향지시등을 켜고 도로 옆으로 붙어 내 앞에 멈춘다. 그리고 조수석 창문이 내려간다.

"타세요."

나는 차에 타기 전에 주변을 둘러본다. 이상할 정도로 아무도 없다. 이 차에 타면 안 될 것 같다는 직감이 들지만, 뭐 어쩌겠는가. 우산을 접고 차 안으로 들어간다. 문이 닫히자 차는 조용한 소리를 내며 앞으로 향한다.

"어떤 것부터 말씀드릴까요? 제가 어떻게 종혁 씨를 찾았는지부터? 아니면 왜 종혁 씨를 찾아온 건지?"

이진수 검사는 여유롭게 차를 몰며 나에게 질문한다. 그리고 바다가 생각나는 상쾌한 냄새. 흐릿하지만, 분명 코끝에 느껴진다.

"그냥 처음부터 다 말해줘요."

이미 이진수 검사가 다 알고 있는 것 같으니 별다른 연기는 하지 않고 모든 걸 들어낸다.

"그럼 어떻게 종혁 씨를 찾았는지부터 말씀드릴게요. 저번에도 말씀드렸듯이 운이 좋았죠. 첫 번째, 저의 첫 발령이 구암시로 났다는 거, 그리고 사명고 여교사 실종 사건을 맡았죠. 그 일 끝내고 정치권에 붙어먹었어요. 그렇게 서울로 올라왔죠. 최근 김성국 국회의원 사건이 터지고 윗분들이 조사 좀 해보라고 해서 해봤거든 요? 그래서 두 달 정도 밤새워서 리스트를 쫙 만들어 보니 대천 그 룹 둘째 아들이 나오더라고요."

어떻게 리스트에 대천 그룹 둘째 아들이 나온 지 모르겠지만, 어쨌든 둘째 아들 소리가 들리자마자 자동으로 눈이 감긴다. 사명 고등학교, 내가 졸업한 고등학교다. 진짜 어이가 없을 정도로 운이 딱 들어맞았다. 근데 말 중간중간 거짓이 들린다.

"그래서 얼추 나오죠? 그렇게 종혁 씨를 찾은 건 한 2주 전? 저 진짜 힘들었어요. 2달 동안 매일 3시간도 못 잔 것 같네요. 어쨌든 종혁 씨가 김성국을 죽였다는 증거가 아무리 찾아도 나오지 않는 거예요. 정식 수사가 아니라서 제대로 하지는 못했지만, 그래도 뭔 가 하나는 나올 줄 알았거든요?"

당연하다. 나는 완벽하니까.

"중요한 건 저는 종혁 씨를 체포하거나 해칠 마음이 당장은 없 어요. 오히려 같이 팀이 돼서 일 하나 하고 싶은 마음이 있죠. 확실 하게 종혁 씨의 마음에 들 거예요. 그 전에 대답 하나만 해 주면 돼 요."

"뭔데요."

나는 창밖을 보던 고개를 이진수 검사 쪽으로 돌리며 말한다. 습한 공기 속에 긴장감이 흐른다.

"종혁 씨가 김성국 죽였죠?"

그의 질문에 나는 길게 숨을 내쉬며 다시 고개를 창밖으로 돌린다. 여기서 내가 대답을 하건 말건 이 차에 오르고 가만히 있는 것 자체가 내가 김성국을 죽였다는 답이다. 하지만 그는 내 입에서 확실한 대답을 듣고 싶어 하는 모양이다. 밤새 돌린 시뮬레이션에 있었던 질문 사항 중 하나다. 물론 그 시뮬레이션의 결과는 당당히 대답한다는 답이 나왔다.

"예, 내가 죽였어요."

내 대답에 이진수 검사는 알고 있었다는 듯 고개를 끄덕인다. 근데 아무리 생각해도 나를 찾은 수법이 말이 안 된다. 운을 넘어 나를 범인으로 확정 지을 수 있는 조건 성립이 안 된다. 생각의 폭을 넓혀 모든 경우의 수를 보아도 이진수 검사의 모든 말이 거짓말이라는 답에 도달한다.

"그래서 뭘 원하는 건데요?"

나는 짜증을 내듯 말한다.

거짓말이든 진짜 운이든 이진수 검사는 내가 김성국을 죽였다는 사실을 안다. 그리고 나에게 원하는 게 있다. 아까부터 그렇게 말했다. 어쩔 수 없이 그와 협조해야 한다. 상황이 점점 악화되고 있다.

"제가 먼저 질문할게요. 대체 뭘 어떻게 했길래 김성국 그 사람 머리카락 하나 안 나오는 거예요? 진짜 공장 다니던 사람 맞아요?"

"나는 뭘 원하는 거냐고 물어봤어요."

어차피 다 까발려진 거 그냥 강하게 나간다. 뒤가 없는 상황이다. 최대한 내가 얻을 수 있는 것은 전부 얻어가야 한다. 지금 이진수 검사는 나에게 협조적으로 다가오고 있다. 그럼 최대한 그와 협조해 간다. 그리고 모든 게 생각대로 가고 있다.

"에이~ 기다려 봐요. 대천 차남도 갑자기 사라졌고 종혁 씨 집 주변 CCTV 영상 어떤 날에는 아예 백업 파일도 없이 사라졌어요. 그래서 저는 종혁 씨가 대천과 관련이 있다 이렇게 생각하는데, 맞죠?"

이상한 논리로 내가 대천과 연관이 있다는 의심을 하고 있다. 앞뒤가 맞지 않는 말이지만, 결과적으로는 맞다. 우선 사실대로 쭉 말하며 이진수 검사가 원하는 것을 자세히 알아내자.

"예. 맞아요."

나는 어쩔 수 없는 척 고개를 끄덕이며 대답한다.

"오케이. 그럼 이제 저의 대답. 제가 원하는 거 김필정을 죽인다. 먼저 합법적으로 체포를 할 거지만! 결과적으로 죽을 거예요."

이진수 검사의 입에서 김필정을 죽인다는 말은 시뮬레이션에 없었다. 하지만 마음에 드는 조건이다.

"왜요?"

나는 이진수 검사에게 질문한다.

"어디서부터 설명을 해야 할까요? 간략하게 말하자면 내년이 대선이다. 그리고 김성국 국회의원이 누군가에게 납치인지 살해인지 모르겠지만, 봉변을 당했다. 그래서 여러 정치권 인사들이 덜덜 떨고 있는 상황이고 저에게 그 새끼를 잡아서 처리해라 이런 명령이 떨어진 거죠. 그렇게 찾아보니 그 범인이 종혁 씨라는 답이 나왔어요."

지금 이진수 검사의 말은 어느 정도 납득이 된다.

"그래서 원래는 저를 죽여야 한다. 이 말인가요?"

나는 이진수 검사의 말 중간에 끼어든다.

"그렇죠! 하지만 종혁 씨가 김필정과 함께 일하고 있다면 이야기가 다르죠. 제 생각이기는 하지만 김필정만 없다면 종혁 씨가 더 이상 살인을 하지 않을 것 같아요. 한다고 해도 정치권 사람은 건드리지 않을 거 아니에요?"

그의 말에 나는 조심스럽게 고개를 끄덕인다. 아직 이진수 검사를 완전히 믿지 못하지만, 나에게는 너무나 완벽한 조건이다. 근데 너무 완벽한 게 오히려 이상하다. 나를 찾은 것부터 김필정과 연관되어 있는 것을 알고 있다는 게 정확히 설명되지 않는다. 지금 김필정의 부하가 나를 시험하고 있다는 생각이 든다. 어쩌면 내가 그의 제안을 수락하는 순간 칼이 내 배에 꽂힐 수도 있다는 말이다.

"종혁 씨를 죽이던 김필정을 죽이던 제가 얻고 싶은 결괏값은 똑같아요. 근데 저는 김필정과 악연도 있고 더 좋은 결과를 얻을 수 있기 때문에 최대한 그를 죽이는 방향을 원하는 거고요. 지금 저의 제안을 거절하고 김필정에게 말해도 상관없습니다. 근데 그가 정말로 도와줄 거라고 생각해요? 제 생각에는 종혁 씨를 죽이고 꼬리 자를 것 같은데요~?"

이진수 검사는 말꼬리를 길게 늘어트리며 씨익 웃는다.

외통수. 이미 이진수 검사는 모든 계획을 짜고 나에게 온 것이었다. 하긴 당연하다. 어느 정도 예상한 상황과 방향이 많이 틀리지만, 그래도 나쁘지 않다. 그러나 꽤나 깊은 고민이 필요하다. 당장 이진수 검사의 조건을 수락하고 싶지만….

"그래서 어떻게 하실 건가요?"

이진수 검사는 능청스럽게 말을 건넨다.

할 거다. 수락할 거다. 어차피 수락 외에는 다른 방법이 없다. 보이지는 않지만, 그도 내 목에 칼을 겨누고 말을 하고 있다. 나는 계속 창밖을 본다. 비가 온다. 하지만 익숙한 거리, 집 주변이다.

"근데 김필정이 죽으면 저도 죽어요."

들을 건 다 들었고 이제 내가 얻어내야 하는 걸 말한다.

"예~ 예. 약점이 잡혀 있을 거라는 것도 전부 생각했어요. 그것도 이미 다 계획을 짜놨죠. 걱정하지 마세요. 그래서 어떻게 하실 건가요?"

"뭐…. 그럼 계획이나 들어 봅시다."

이진수 검사는 나의 대답에 휘파람을 불며 차를 세운다. 비가 잔뜩 내려 창밖이 잘 보이지는 않지만, 아까도 말했듯이 여기가 어딘지 안다. 바로 앞에 있는 횡단보도를 건너면 집이다.

"김태웅이라고 대천 장남이에요. 야망이 아주 풍부한 친구입니다. 지금은 대천 물산에서 영업팀 팀장으로 일하고 있지만, 항상 회장의 자리를 넘보고 있죠. 저는 김필정을 체포하고 김태웅을 회장 자리에 앉힐 겁니다. 종혁 씨는 원하는 거 하시고요. 종혁 씨가 잡힌 약점은 김태웅에게 잘 말해서 없애도록 할게요. 대충 이런 스타일로 괜찮죠?"

말은 쉬워 보이지만, 납득이 가지 않는 부분이 꽤 많다. 아니, 이진수 검사의 모든 말이 납득이 되지 않는다.

"그, 김태웅이라는 사람이랑 이야기가 된 건가요? 어떻게 보면 자기 아빠를 죽인다는 건데, 하겠어요? 그리고 지금 말씀하시는 게 쉽게 될 것 같지도 않은데요."

어차피 같이 한배를 탄 이상 최대한 자세하게 알아간다.

"김태웅 씨랑 이야기가 된 것은 아니죠. 이제 같이 가서 설득을 해야죠? 그리고 쉽게 될 것 같지 않다. 음… 맞습니다. 근데 그건 제가 알아서 하는 거요. 종혁 씨는 묵묵히 잘 따라오시면 돼요."

이진수 검사는 멋쩍은 표정을 지으며 비웃음 같은 미소를 보인다.

"아니, 그래도 저도 납득이 가고 뭔가 딱딱 맞아야…"

"아~ 시발, 종혁 씨. 제가 다 알아서 하겠다고요. 지금 위에서 매일 같이 저를 쪼아대서 저도 기분이 좋고 여유가 있는 사람이 아니에요. 토 달지 마세요. 다~ 잘될 겁니다. 아니면 그냥 거절한 걸로 알겠으니까 내리시든가요."

이진수 검사는 나를 보며 말한다. 입꼬리만 겨우 올려 화난 웃음을 보인다. 나보고 기어오르지 말라는 말이다. 나는 그의 눈을 피하지 않고 정면으로 마주 본다. 하지만 막상 할 말은 없다. 그렇다고 뭔가 객기 부리고 싶은 마음도 없다. 그냥 이진수 검사가 나와 같이 시시덕거릴 때 그 장단에 맞추어야 한다. 그래. 전략적 후퇴? 그런 느낌으로 말이다.

"예. 같이 일하도록 하죠."

"좋아요. 좋아요."

이진수 검사는 장난스럽게 말끝을 올린다. 그 이후의 말은 김태웅에 관한 이야기다. 김태웅은 나와 동갑이다. 유학을 갔다가 몇 년 전 한국에 왔다고 한다. 욕심도 많고 욕망도 많은 사람이지만, 몸과 머리 그리고 운이 잘 따라와 주지 않았다고 한다. 그래서 김필정에게 인정받지 못했고 지금은 대천 물산 영업 팀장으로 일을 하고 있는 상황이다. 그룹 화장의 장남으로서 인정도 받지 못하고 경기권에서 팀장이나 하고 있다면 엄청난 열등감에 쌓여있을 거라며 무조건 수락할 거라는 설명을 붙인다.

"아니, 잠깐만요. 그렇게 능력 없는 사람이랑 같이 일해도 되요?"

나는 이진수 검사의 말을 끊으며 질문한다.

"예, 저도 다 생각하고 고른 겁니다. 굳이 이유를 말해주자면 김필정의 자식이 이제 김태웅뿐이라는 거, 제가 능력이 없다고 말했지만, 진짜 바보는 아니에요. 단지 김필정의 마음에 안 들었을 뿐이죠. 그래도 혼자 백 없이 대천에 입사해서 27살에 팀장 자리를 올라간 건데 나름 똑똑하다고 볼 수 있어요."

이진수 검사는 핸들에 손을 올리며 말한다. 나는 고개를 끄덕인다. 말을 들어보니 딱히 문제가 있어 보이지 않는다.

"그럼 제가 나중에 연락드리겠습니다. 이제 집에 돌아가세요."

이진수 검사는 싱긋 웃으며 지금 상황을 마무리한다.

"예."

나는 짤막하고 딱딱한 대답과 함께 차에서 내린다. 차는 비를 뚫고 조용하게 앞으로 간다. 나는 우산 아래에서 신호등을 기다리며 생각에 잠긴다.

이진수 검사의 계획이 전부 마음에 들지…

이진수 검사의 차가 후진하여 다시 내게 온다. 내 생각을 읽은 건가 하는 말도 되지 않는 불안감이 든다. 차는 내 앞에 멈추고 조수석 창문이 내려간다. 차의 내부는 보이지 않는다. 나는 굳이 고개를 숙이지 않고 비어있는 조수석만 바라본다.

"종혁 씨, 말씀드리지 않은 게 있어서 다시 왔네요. 저 죽일 생각하지 마세요. 지금 전화 한 통이면 종혁 씨 3일 안에 죽어요. 허튼 생각하지 말고 이상한 짓거리도 하지 마세요. 뭔가 보이는 순간 바로 전화 겁니다?"

이진수 검사는 장난스럽게 말끝을 올리며 다시 차를 앞으로 움직인다.

"하… 시발"

나는 어이없는 감정을 담아 욕을 뱉는다. 어차피 그를 죽일 생각도 없었으니 그냥 저 말은 넘기자.

다시 아까 생각했던 내용으로 돌아가 본다. 이진수 검사의 계획이 전부 마음에 들지 않는다. 너무 위험 부담이 크고 계획대로 될 확률도 극미? 아니 불가능이라고 확실하게 말할 수 있다. 누가 자신의 아버지를 죽일 거라고 찾아왔는데 같이 동참할 인간이 있겠는가? 그건 둘째치고 그룹 회장의 장남이지만, 능력을 인정받지 못해 버려진 인물을 믿을 수 있는가? 이 위험한 일에 그런 사람이랑 같이 일해도 되는 건가? 많은 생각이 든다. 근데 내가 어찌할 것은 없다.

신호는 초록색으로 바뀌고 횡단보도를 걷는다. 나는 김필정을 배신할 것이다. 원래부터 그를 믿지 않았고 이진수 검사가 완벽하게 짜놓은 외통수 외에 별다른 방법도 없었다.

집에 도착했다. 양말이 살짝 축축하게 젖어 있어 바로 벗고 매트리스로 향한다. 매트리스 위에 앉아 바닥이 드러난 물병을 들어 마신다. 이제 생각을 정리해 본다. 문제가 생겼다면 그 문제를 풀어나갈 길을 찾아야 한다.

한 10분간 생각에 잠겨있었다. 그래서 나온 결론은 없다. 어이가 없겠지만, 없다. 지금 내가 할 수 있는 것은 조용히 지내기, 김필정에게 걸리지 않기, 이진수 검사의 말을 듣기뿐이다. 현실적으로 나온 답안들이다. 이진수 검사가 다시 연락을 준다고 했으니 그때까지 조용히 있자.

"하… 그래."

나는 모든 고민을 숨에 담아 내쉰다. 그리고 몸을 일으켜 씻으러 간다. 찬물로 개운하게 씻고 화장실에서 나오니 뭔가 설명하기 어려운 복잡한 마음이 조금은 괜찮아졌다. 이때 빠르게 자야 한다. 복잡한 생각이 다시 시작된다면 오늘 잠은 다 잔 것과 마찬가지다. 빠르게 매트리스에 누워 잠 속으로 들어간다.

비몽사몽하게 눈이 떠진다. 분명히 잘 자고 있었다. 근데 어둠 속에서 김필정이 튀어나와 나를 죽이는 악몽을 꾸었다. 입은 바싹 말라 있고 방광은 부풀어 올라 화장실에 당장 가야 할 정도다. 변기 앞에 바지를 내리고 소변을 본다. 환하게 빛이 나는 욕실 전등 때문에 한쪽 눈을 찡그리고 있다. 다른 한쪽 눈도 감으면 바로 잠이 들 것 같다. 신명 나게 들려오는 장맛비 소리, 소변이 변기로 들어가 떨어지는 물줄기 소리, 방금 들리기 시작한 남성의 구두 소리. 번쩍 눈이 떠진다.

'몇 시지?'

모르겠다. 하지만 분명 새벽이다. 근데 비가 억수로 쏟아지는 새벽에 구두를 신고 다니는 사람이 있다고? 내가 사는 2층에 남성 회사원은 없다. 그리고 구두를 신고 다닐만한 사람도 없다.

소변을 끊고 빠르게 바지를 올린다. 그리고 천천히 현관문 쪽으로 걸음을 옮긴다. 쩌억 쩌억 방바닥에 달라붙은 발바닥, 그에 맞추어 점점 가까워지는 구두 소리, 빗소리에 묻혀있지만, 확실하게 구두 소리다.

'설마 경호실장?'

아니다. 그는 죽었다.

'칼을 들어야 하나?'

아니. 피가 튄다.

'몽둥이?'

지금 딱히 쓸만한 몽둥이는 없다. 그래. 그냥 맨몸으로 싸우자. 기습만 아니라면 싸움에는 어느 정도 자신이 있다.

구두 소리는 내 집 앞을 지나쳐 간다. 일정하게 소리가 들리는 것을 보아하니 취한 것도 아니다. 소리는 복도 끝까지 갔다가 다시 돌아오기 시작한다. 나는 상체를 숙이고 소리에 온 신경을 집중한다. 그러나 구두 소리는 멈춤 없이 아래로 내려가 사라진다.

'그냥 잘못 찾아온 건가? 장마가 내리는 새벽에?'

말이 되지 않는다.

'그럼 김필정의 부하?'

이건 조금 납득이 된다. 하지만 그 사실을 알았다고 내가 할 수 있는 것은 없다. 어쩌면 김필정이 나를 감시하고 있는지도 모른다. 내가 이진수 검사를 만났다는 것을 알 수도 있다는 소리다.

'내일 김필정에게 연락해 봐야 하나? 근데 뭔 명분으로?'

갑자기 내가 전화를 하는 것은 이상하다. 아니, 지금이라도 전화를 해 이진수 검사를 만났다고 말하는 것이 맞다. 나를 감시하고 있든 아니든 전화해야 한다.

'시간은?'

나는 숙이고 있던 상체를 일으켜 매트리스 위에 놓여 있는 핸드폰으로 시간을 확인한다. 오전 6시 23분. 생각보다 늦은 시간은 아니지만, 그렇다고 전화할 시간은 더 아닌 것 같다. 하지만 전화를 해야 한다. 저 구석에서 항상 충전되고 있는 폴더폰을 열어 김필정에게 전화를 건다. 지금 받지 않아도 된다. 전화를 걸었다는 게 중요한 것이니까.

통화음이 시작된다. 컬러링 하나 없이 긴장되는 통화음. 시간은 길어지고 전화는 연결되지 않는다. 이제 마음을 놓고 폴더폰을 접으려는 찰나 전화가 연결된다.

"여보세요?"

나는 바싹 마른 입을 떼며 말한다.

"어, 그래 마침 나도 전화하려고 했는데 잘 됐다."

김필정의 목소리. 방금 잠에서 일어난 것 같은 목소리가 아니다. 근데 마침 전화하려고 했다고?

"너 검사나 경찰 만났냐?"

날카로운 김필정의 목소리가 내 심장을 벤다. 전화라 정확한 감정을 읽기 어렵지만, 기쁘지 않다는 감정은 확실하게 느껴진다. 여기서 알 수 있는 것은 김필정이 나를 감시하고 있다는 사실이다. 그러니 더욱 그를 죽여야 한다. 절대로 나를 놔주지 않을 거다.

"네. 그래서 지금 전화한 겁니다."

나는 뜸 들이지 않고 바로 말한다. 김필정이 이진수 검사와 나의 만남을 알고 있을 거라 예상은 했다. 근데 막상 진짜로 알고 있으니 죽음의 두려움이 올라온다.

"그럼 그때 말을 해야지, 왜 지금 하는 거냐?"

김필정의 질문에 숨이 턱 막혀온다. 하지만 바로 대답을 해야 한다. 깊이 생각할 시간은 없다. 뜸 들이면 나는 죽는다.

"아무 일도 없었어요. 그래서 말할까 말까 고민하다가 그래도 말해야 할 것 같아서 전화 드렸습니다."

내 말을 끝으로 김필정은 아무 말도 없다. 여기서 내가 추가적인 부연 설명을 한다면 더욱 이상해진다. 그러니 나도 아무 말도 하지 않는다.

"그래, 뭔 이야기 하더니?"

"검사인데 저를 김성국 납치범으로 의심하고 찾아왔습니다. 그 아드님 사건 용의자를 시작으로 저를 찾아온 건데, 사실상 직감적인 찍기였죠. 그리고 반협박식으로 다시 만나자고 해서 만났어요. 근데 딱히 정황도 없고 정확한 증거도 없으니 그냥 흐지부지 끝났습니다."

"그래서 그 친구 이름은 아냐?"

"이진수, 서울중앙지방검찰청일 거예요."

이진수 검사의 이름이 거짓이어도 상관없다. 그리고 김필정이 그에 대해서 알고 있더라도 상관없다. 나를 찾아와 김필정을 처리할 생각까지 한 사람이라면 이미 다 대비를 해놨을 거다. 안 했다면 김필정이 알아서 처리할 거다. 어떤 상황이든 나에게 큰 손해는 없다.

"이진수. 그래, 알았다. 몸 좀 사려라. 뭔 일 있으면 그때그때 바로 전화하고."

"네."

전화가 끊긴다. 김필정은 나를 감시하고 있었다. 어쨌든 잘 넘어 갔나? 그래 잘 넘어갔겠지. 이제 집에 틀어박혀 이진수 검사의 연락을 기다리도록 하자. 다시 매트리스에 몸을 던진다. 당장은 마음이 편안하다. 긴장이 풀리고 몸에 힘도 풀린다. 눈이 서서히 감기며 졸음이 나를 덮친다.

7. 악연

"종혁 씨, 잘 받아 적었죠?"

"네."

전화가 끊긴다. 일주일 만에 이진수 검사에게 연락이 왔고 방금 전화 통화를 마쳤다. 그를 다시 만날 시간은 내일 오전 3시, 만날 장소는 방금 종이에 적었다. 완전히 처음 들어보는 동네다. 인터넷에 검색해 보니 흔히 말하는 못사는 사람들이 사는 곳이다. 달동네? 판자촌? 서울에도 이런 곳이 있는지 몰랐다. 어쩌면 이런 곳에서 만나는 게 맞다. CCTV도 별로 없을 거고 사람도 많이 있지 않으니 말이다.

지금 시간은 오후 10시, 오전 3시까지 이제 5시간 남았다. 그 사이 그곳으로 들키지 않고 갈 길을 정한다. 이 근방 동네는 눈을 감고 돌아다닐 수 있을 정도로 길이 훤하다. 문제는 이진수 검사와 만날 장소까지 가는 길인데… 시간도 있으니 빠르게 길을 짜놓도록 한다.

2시간 동안 옆에 인터넷 지도를 켜고 가만히 앉아서 길을 찾았다. 주변 동네를 벗어나면 완벽은 모르겠지만, 나를 찾기는 어려울 것이다. 시간은 이제 막 12시가 되었다. 만날 장소까지 걸어가야 하니 지금 출발해야 겨우 시간에 맞추어 도착할 수 있다.

옷은 모두 검은색으로 입는다. 머리에 모자를 푹 눌러 쓴다. 당연히 검은색 모자다. 손목에 3단 접이식 우산을 건다. 우선 집 밖에 나가는 것부터 걸리지 않아야 한다. 원룸 건물 입구에 CCTV는 없지만, 김필정의 부하들이 나를 감시하고 있을 거다. 그러니 배수관을 타고 아래로 내려간 다음 담벼락을 넘어 옆 건물로 나가는 방법을 선택했다. 3면이 건물로 막혀있어 밖에서 아무리 나를 감시하고 있다고 해도 난간을 통해 나간다면 걸리지 않는다.

방에 불을 끄고 베란다 난간 앞에 선다. 밖에는 비가 잔뜩 쏟아진다. 그 비들이 배수관 안을 지나며 괴랄한 쾅 쾅 소리를 낸다. 난간 바로 앞에 바짝 서서 벽에 붙어있는 배수관을 잡아 흔들어 본다. 조금 심각할 정도로 흔들린다. 그리고 미끄럽다. 도저히 타고 내려갈 수 없다.

'어쩌지?'

고개를 난간 아래로 내려본다. 그냥 뛰어내리기에는 너무 높을 것 같다. 솔직히 잘 모르겠다. 어두워서 바닥이 아예 보이지 않는다. 그래도 계속 아래를 살펴본다. 그때 눈에 보이는 것은 하얀색 물체, 아랫집 난간에 있는 하얀색 에어컨 실외기이다. 생각이 번쩍인다. 난간을 붙잡고 아랫집 실외기 위로 떨어지자. 좋다! 아랫집에 불빛이 없는 것을 보니 지금 자고 있거나 외출 중이다.

나는 난간을 넘어 발끝만으로 몸의 무게를 지탱한다. 미끄럽다. 잘못하다가는 바로 떨어질 것이다. 난간을 잡고 있는 손을 천천히 아래로 움직이며 쪼그려 앉는다. 그리고 난간 가장 아래 기둥을 꽉 잡고 한쪽 발을 밑으로 떨어트린다. 다른 한쪽 발도 떨어트려 난간에 매달린다. 고개를 옆으로 꺾어 아래를 본다. 아무것도 보이지 않고 머리에서 흐르는 비 때문에 눈을 뜨고 있기도 어렵다. 머리에 쏟아지는 비가 부딪친다. 다시 고개를 들고 호흡을 침착하게 다져본다. 방금 순간적으로 생각해 봤는데 실외기 위로 떨어지는 계획은 잘못됐다. 이 높이에서 떨어진 나의 무게를 견딜 수 없을 것이다.

'그럼, 어떡하지?'

한 집의 층고를 2m라고 가정했을 때 지금 내 발끝과 땅에 거리는 대충 1m 50cm 정도, 그냥 떨어질 만하다. 손을 조금씩 움직여 옆으로 몸을 옮긴다. 다시 고개를 아래로 꺾어 밑을 본다. 흐릿한 하얀색이 옆으로 비껴있다. 좋아, 이제 떨어지면 된다. 하지만 난간을 꽉 잡고 있는 손이 말을 듣지 않는다. 무섭다. 진짜 무섭다. 어둠에 가려져 아무것도 보이지 않는 아래, 비 때문에 미끄러운 난간의 기둥, 기둥을 잡고 있는 손아귀의 힘도 슬슬 풀리기 시작한다.

고민에 고민이 이어진다. 진짜 떨어지지 못하겠다. 이럴 때는 방법이 있다. 아무 생각 없이 그냥 손을 놔버린다.

몸이 절벽 위에서 한없이 떨어지는 느낌이다. 극한의 공포가 몰려온다. 비명을 지를 뻔했지만, 이를 악물고 정신을 차려본다. 발에 바닥이 닿았다는 느낌이 들자마자 그대로 쪼그려 앉으며 몸을 뒤로 눕히듯 구른다. 진흙 바닥에 몸이 강하게 부딪친다. 머리도 박으며 한두 바퀴 구른다. 머리가 징하게 울리고 등에 충격이 갔지만, 괜찮다. 바로 몸을 일으킨다. 그리고 머리와 등에 묻은 진흙을 털어내며 걸음을 걷는다. 무릎은 괜찮다. 발목에 꽤 충격이 갔다. 삐거나 문제가 있어 보이지는 않고 잠시 생긴 고통이다.

다시 크게 숨을 들이마시고 있는 힘껏 달린다. 그리고 옆에 있는 담으로 달려든다. 가장 위에 나 있는 벽돌 구멍에 4개의 손가락을 넣고 버틴다. 공중에 떠 있는 발을 비에 젖은 벽에 문지르며 작은 틈새를 찾는다. 작은 틈 하나가 발에 걸리고 그곳에 발끝을 걸어 몸을 위로 올린다. 벽돌 구멍에 들어갔던 손가락을 잽싸게 빼서 벽의 가장 윗부분을 잡고 몸을 끌어 올린다. 옛날에 했던 운동이 이제야 빛을 본다. 벽에 겨드랑이를 꼈으니 이제 넘어가는 일은 쉽다. 그렇게 벽을 넘고 우산을 펴서 자연스럽게 건물 밖으로 나간다.

사람은 없다. 길에 차들이 많이 주차되어 있다. 아무것도 파악하지 못할 정도로 비가 내린다. 주차되어 있는 모든 차들은 진하게 선팅이 되어있어 안을 볼 수 없다. 그냥 지나치자. 그렇게 골목으로 들어가 이진수 검사가 말한 곳까지 간다.

시간은 오전 2시 42분. 눈앞에 보이는 가파른 오르막길, 이 오르막길 어딘가에 이진수 검사가 말한 장소가 있다. 깜빡이는 가로등 아래, 가파른 언덕에서 빗물이 파도 물결을 그리며 내려온다. 오르막길을 따라 기울어져 있는 다양한 집들. 대부분은 오래된 식당, 철물점, 이상한 물건을 파는 곳이다. 물론 시간이 시간인지라 불이 켜져 있는 집은 한 곳도 없다.

우산을 얼굴 쪽으로 기울이고 오르막길을 오른다. 쉬지 않고 빠른 걸음으로 몇 시간을 걸었고 잠도 자지 못해 몸이 무거워 지친다. 한 걸음 한 걸음 옮길 때마다 숨이 벅차다. 옷은 이미 모두 젖었고 바지 안쪽에는 아까 묻었던 진흙과 모래 알갱이가 들어가 거슬린다. 그렇게 힘든 산행 같은 걸음을 하다 옆을 보니 한 간판이 보인다.

연탄 ㅅ 구이

저 ㅅ은 하도 오래된 간판이라 글자가 지워져 ㅅ만 남아있다. 아마도 숯불구이로 예측이 된다. 간판에서 눈을 떼고 무너져가는 식당의 입구를 본다. 나무 틀로 만들어 중간중간 네모난 유리가 박혀 있는 미닫이문. 유리창은 어둡다. 하지만 자연스럽지가 않다.

안에서 검은색 종이를 붙인 것처럼 말이다. 내 생각이 옳다고 증명하듯 문틈 사이로 희미한 빛이 새어 나온다. 확실하다. 이곳이다.

드르륵 소리와 함께 힘껏 문을 연다. 천장에 대롱대롱 매달린 백열전구, 그 아래 고깃집에서나 보이는 가운데 구멍이 뚫린 원형 테이블 하나와 원통형 의자 3개가 있다. 그리고 의자 위에 앉아 있는 2명의 남성이 깜짝 놀란 표정을 지으며 나를 보고 있다.

검은색 면바지에 얇은 회색 재킷을 입고 있는 남자. 머리를 내리고 있어 바로 알아보지 못했는데 이진수 검사. 그 옆에 앉아 있는 남자. 비가 쏟아지는 새벽에 양복을 입고 있다. 머리는 잘 꾸몄으나 시간이 오래 지나 약간 헝클어져 있다. 얼굴은 통통하고 하얀색 와이셔츠가 볼록하게 튀어나와 있다. 그럼 저 사람이 김태웅, 인천에서 일하는 중고차 딜러처럼 생겼지만, 그래도 나름 대천 그룹의 장남이다.

나는 우산을 접고 바닥에 던진다. 활짝 열려있는 문을 닫고 비에 젖은 머리를 털어내며 얼굴에 흐른 비도 닦아낸다.

"어~ 종혁 씨. 이리 와서 앉아요. 이제 한참 이야기를 시작하려고 했는데 딱 좋은 타이밍에 왔네요."

이진수 검사의 능청스러운 말투, 오늘따라 더욱 거슬린다. 나는 어느 정도 물기를 턴 머리를 이마 위로 올리며 그들이 앉아 있는 테이블로 걸어간다. 그리고 딱 하나 비어있는 의자에 앉는다.

"이분이 저번에 말씀드렸던 김태웅 씨입니다. 이제 곧 회장님이 될 사람이죠."

이진수 검사는 말끝에 상투적인 웃음을 붙이며 김태웅을 가리킨다. 나는 그가 가리킨 김태웅을 보고 대충 고개를 까딱이며 인사를 한다. 뭔가 이 사람에게 정중히 인사하는 게 자존심 상한다. 동갑이기도 하고 그룹의 장남이 능력을 인정받지 못해 팀장이나 하고 있다니. 하! 우습다. 김태웅은 나를 위아래로 훑어보고 아무런 행동 없이 고개를 휙 돌린다.

"난 또 뭐, 아저씨에 나오는 원빈이라도 데려오는 줄 알았는데, 뭔 거지새끼를 데려왔네?"

"뭐? 거지새끼?"

욱하는 마음에 튀어나오는 말을 막지 못했다.

나는 순간 내가 잘못 들은 줄 알았다. 몸도 지치고 힘든 데다 비에 잔뜩 젖어 기분도 그리 좋지 않은 상태인데 면전에 저런 막말까지 들으니 순간 눈이 돌아갈 뻔했다. 그러나 참아야 한다.

"어쨌든! 저의 엄청난 계획을 이제 말씀드리겠습니다."

이진수 검사가 얼어붙은 분위기를 깨트리며 말을 꺼낸다. 그가 세운 정확한 계획은 이러하다. 나는 차기 대천 그룹 회장의 유력 후보자를 포함한 걸림돌이 되는 사람을 죽인다. 그리고 증거를 따로 빼놔 김필정을 살인범으로 만든다. 그럼 이진수 검사가 명분을 만들어 수사권을 가지고 경찰과 함께 김필정을 체포한다. 그다음 김태웅이 회장 자리에 올라 나의 위험이 되는 것들을 막아준다는 계획이다. 물론 김필정은 사고로 위장해 죽는다.

수많은 오점이 보이고 설득되지 않는 부분이 많지만, 딱히 뭐라고 말할 것은 없다. 이진수 검사의 말은 항상 오점투성이였으니까. 옆을 보니 김태웅의 표정도 그리 달가워 보이지는 않는다.

"방금 계획을 들어보시면 알겠듯이 여기서 김태웅 씨가 가장 중요한 역할입니다."

이진수 검사는 김태웅을 바라보며 말한다.

"알죠. 좋은 계획인 것 같은데, 저 새끼한테 내가 정확히 뭘 해줘야 하는 거예요?"

김태웅은 나를 슬며시 본다. 하찮은 눈빛과 아까부터 새끼라고 하는 말이 반쯤 사그라든 화를 돋운다. 당장 일어나서 저 새끼의 눈깔을 뽑아주고 싶다. 그런 감정을 담아 나도 그의 눈을 강렬하게 노려본다.

"지금 종혁 씨는 회장님에게 약점이 잡혀 있습니다. 회장님에게 문제가 생기면 종혁 씨의 목숨이 위태롭다 이 말입니다. 그러니 태웅 씨가 회장직에 오르면 그런 문제는 어느 정도 커버가 가능할 거라고 생각하는데요?"

"가능은… 하지?"

김태웅은 나를 보며 눈썹을 치켜세운다. 굳이 해야 하냐는 말과 표정. 내 속을 잘도 긁는다. 나의 인내심이 슬슬 한계에 다가가고 있다.

"뭘 봐? 뭐 묻었어?"

도저히 참을 수 없는 짜증이 입 밖으로 나온다. 김태웅은 내 말을 듣고 기가 찬다는 듯 피식 웃는다.

"그럼! 이제 태웅 씨가 걸림돌이 되는 사람 리스트를 쫙 뽑아서 저에게 주시면 나머지는 제가 알아서 하죠."

이진수 검사는 박수를 치며 차갑게 식은 분위기를 다시 한번 깬다. 그리고 나와 김태웅을 번갈아 가며 본다. 나는 딱히 할 말이 없어 고개만 끄덕인다.

"회장 자리가 멍청하게 사람만 죽인다고 되는 게 아니야. 빠르게 내가 회장직으로 올라갈 수 있게 뒤에서 받쳐줘야 하는 사람들이 필요하다 이 말이야. 즉! 내 편, 내 세력을 만들어야 한다는 거지. 아는지 모르겠지만, 이게 복잡하고 오래 걸려."

김태웅은 이진수 검사를 보며 말한다. 저 꼰대 같은 말투 진짜 죽여버리고 싶다.

"이게, 머리가 안 좋은 사람들은 이해하기 어려울 텐데?"

김태웅은 피식 웃으며 나를 힐끗 쳐다본다.

"아니 시발, 아까부터 왜 시비 거는 거야?"

나는 이제 그와 싸울 생각으로 욕을 섞어 말을 뱉는다. 이미 여기서 3명이 만난 순간부터 서로 모가지를 내놓고 있는 상황이다. 그러니 김태웅이 지금 판을 뒤엎고 김필정에게 일러바칠 수 없다는 뜻이다. 아니, 그럴 낌새가 보이면 내가 죽일 거다.

주변을 둘러보니 이진수 검사, 김태웅 전부 나를 쳐다보고 있다. 이진수 검사는 깜짝 놀란 토끼 눈을 뜨며 나를 보고 있고 김태웅은 꽤 불쾌한 감정을 느끼고 있는 표정이다.

"뭐? 시발? 공장 다닌다는 새끼 같이 껴서 일하려고 하니까 안 되겠네."

김태웅의 말에 나는 주먹을 꽉 쥔다. 이제 저 입에서 한마디만 더 튀어나오면 당장 일어나 주먹을 날릴 생각이다.

"에이~ 다들 왜 그래요. 싸움은 나중에 큰일 끝내고 하시고 각자 맡은 일만 잘합시다. 저는 능력 없고 일 못하는 사람이랑 같이 일 안 해요. 제가 인정한 사람이랑만 일하죠. 그리고 다들 알죠. 여기서 흐트러지면 다 같이 죽는 거."

이진수 검사의 말에 나와 김태웅은 눈을 피한다. 그의 말대로 여기서 흐트러지면 김필정에게 다 같이 죽는다. 나는 쓰라린 숨을 내쉬며 어느새 내려온 젖은 머리를 다시 머리 위로 넘긴다. 그리고 이어진 상황은 김태웅이 세력을 만들고 죽여야 하는 사람을 정리한 다음 다시 한번 만나자는 짧은 이야기를 끝으로 다들 자리에서 일어난다. 김태웅은 건물 뒷문으로 나간다. 나는 내가 들어왔던 앞문, 이진수 검사는 여기를 정리하고 간다며 잠시 남아있겠다고 한다.

"검사님, 이야기 좀 하시죠."

나는 김태웅이 완전히 나가자 밖으로 나가려는 걸음을 멈추며 말한다.

"예, 말씀하세요."

"구암시 검찰청이 무슨 동에 있는지 알아요?"

나는 이진수 검사의 옆에 앉으며 말한다. 이미 같은 배를 탄 지는 오래지만, 아직도 그가 의심스럽다. 전에 들었던 그의 말이 납득이 되지 않았고 모두 거짓말로 들렸기 때문이다. 내 생각이 옳은 듯 이진수 검사는 질문에 대답하지 못한다. 그저 따가운 눈빛을 보낼 뿐이다.

"솔직하게 제가 김성국 죽인 거 어떻게 알았어요? 대천 둘째 용의자랑 연관 짓고 운이 좋고 하는 게 말이 안 되잖아요."

내 말에 이진수 검사는 몸을 완전히 내 쪽으로 돌린다.

"설마 종혁 씨가 진짜 완벽하다고 생각하시는 거예요? 뒤에서 김필정이 어느 정도 뒤처리한다고 생각은 안 하셨나?"

이진수 검사는 나의 불안한 궁금증을 증폭시키는 질문으로 시작부터 머릿속을 복잡하게 만든다.

"요즘 각질이나 침만 약간 나와도 범인 잡히는 거 아시죠?"

그의 말에 입이 바싹 타들어 간다.

"아직도 저를 의심하고 있으면 서운하죠. 제가 저번에 병원까지 태워드렸었는데."

이진수 검사는 말끝에 미소를 짓는다. 그의 말에 내 표정이 서늘하게 가라앉고 입술이 떨린다. 갑자기 이진수 검사는 웃음을 터트린다. 그리고 내 어깨에 매달려있는 먼지 뭉치를 떼어낸다.

"농담~ 한번 해봤어요. 구암4동, 검찰청 구암4동에 있잖아요. 거기 버거왕 사거리 앞에. 진짜 종혁 씨 못 말리겠어요. 저 좀 믿어주세요. 전부 잘될 거에요."

이진수 검사는 인자한 미소를 지으며 내 어깨를 잡고 주무른다.

"그… 병원 이야기는…"

"농담~! 농담이라고요. 뭐 이렇게 진지하게 받아들여요? 시간도 늦었는데 일어납시다."

이진수 검사는 장난스러운 말투로 나를 일으켜 세운다. 병원 이야기는… 그래, 잠시 치워두고 자리에서 일어난다. 이제 그냥 이진수 검사를 믿어야 한다. 그렇지만, 이번에도 그의 말에는 거짓말이 많이 껴있었다.

나는 바닥에 던진 우산을 주워 펴고 아까는 오르막이었던 내리막을 걷는다. 비는 약해졌다. 그래도 쏟아지는 것은 똑같다. 내리막이 끝나고 다시 들어가는 골목, 피곤하다. 한 30분 정도 걸었을까? 이진수 검사에게 전화가 걸려 왔다.

"예~ 종혁 씨. 아까 말씀 못 드린 게 있어서 그래요. 그, 김태웅 씨가 말한 거 마음에 담아 두지 말고 사적인 감정 담지 말고, 뭔 말인지 알죠? 제가 김태웅 씨에게 잘 말해볼 테니까 다음부터는 서로 조심 좀 해줬으면 해요. 괜히 틀어지면 진짜 다 같이 죽어서 그래요. 알았죠?"

이진수 검사가 완전히 잊고 있었던 김태웅을 기억나게 한다. 그리고 그 새끼에 엿 같은 목소리가 생각나며 짜증이 확 올라온다.

"예."

나는 딱딱하게 대답한다.

"예~ 예, 그럼 몸조심하시고요. 다음에 제가 연락드릴게요."

전화가 끊긴다. 방금 그 전화가 김태웅에게 상했던 마음을 더욱 후벼 판다.

집에 도착하니 오전 7시. 이번에는 1층 실외기를 밟고 올라왔다. 피곤하다. 진짜 피곤하다. 마치 군대에서 야간 행군을 끝내고 생활관에 들어온 느낌이다. 당장이라도 눕고 싶다. 씻을 힘도 없다. 그냥 옷만 벗고 바로 매트리스에 몸을 던진다. 사타구니와 겨드랑이 그리고 허벅지를 포함한 몸 이곳저곳이 쓰라리다. 비에 젖어 몸에 달라붙은 옷이 안에 들어간 모래와 함께 피부가 쓸린 듯하다. 그냥 모르겠다. 우선 자자.

8. 고비

현관문을 열고 집에 들어간다. 시체를 처리하고 증거 인멸까지 완벽하게 마무리했다. 처음으로 문제가 하나 생겼었다. 끈으로 목을 졸라 죽이려고 할 때 끈이 끊어졌다. 최대한 고통을 덜어주려고 했지만, 저항이 거세서…

이제 사람을 죽였다는 말이 이질적이지가 않다. 벌써 몇 번째지? 4번째? 5번째? 모르겠다 그냥 빨리 씻자.

나는 옷을 벗고 화장실로 들어간다. 김태웅, 이진수 검사를 만난 지 2주가 넘어가는 시간이다. 아직도 장마는 끝나지 않았다. 오히려 더 거세졌다. 밖의 날씨는 하늘에 구멍이 뚫렸다는 표현이 정확할 것이다.

아직까지 이진수 검사에게 받은 연락은 없다. 오히려 연락이 온 것은 김필정, 사람을 죽여달라는 것이었고 이영지라는 여자였다. 대학생이고 인터넷에 검색을 해봐도 그녀에 대해 아무것도 나오지 않았다. 그냥 일반인이었다. 하지만 이제 일반인을 죽였다는 일말의 죄책감도 없다. 그저 곧 집 앞에 도착할 돈을 기다릴 뿐이다.

따듯한 물로 몸을 씻는다. 묻지는 않았지만, 약간 배어있는 피 냄새와 살인의 죄를 씻어낸다. 머리에 샴푸 거품을 내며 이영지라는 여자의 기억을 완전히 지운다. 그리고 사과한다. 그러나 미안한 감정은 없다. 다른 사람이 나를 보면 그냥 사이코패스, 미친놈이라고 욕할 거다. 근데 그 사람들도 같은 상황이었다면 모두 나와 비슷한 선택을 했을 거다. 그렇게 생각하며 그나마 위안을 얻는다.

속옷을 입고 화장실에서 나온다. 습하고 찝찝한 공기, 진짜 에어 컨을 사야겠다는 생각이 든다. 방금 몸을 씻고 나왔음에도 땀이 나고 몸이 찐득거린다. 6억은 현금으로 받기로 했으니 내일 도착할 거다. 그럼 에어컨을 사자. 그렇게 며칠이 지났다. 이번에 새로 나온 무풍 에어컨이 원룸에 들어왔다. 구리고 작은 원룸이지만, 어울리지 않은 벽걸이 TV, 작은 중고차 한 대 값의 컴퓨터, 그리고 최신식 에어컨까지 전부 있다.

지금 상쾌하고 시원한 공기와 함께 TV를 보는 중이다. 김성국에 대한 작은 문제가 있고 난 후 나는 매일 같이 뉴스를 챙겨 본다. 김성국 뉴스는 이제 완전히 잊혔다. 지금 뉴스에는 저번 주에도 본 것 같은 시시한 소식, 지루한 정치 이야기, 그리고 여대생 실종?

한 여대생이 실종되었다는 소식. 그녀의 남자친구가 실종 신고를 했고 경찰이 수사 착수, 우연히 지나간 오토바이의 블랙박스, 찰나의 순간에 찍힌 한 남성의 실루엣. 리포터는 그 실루엣을 이번

사건의 유력 용의자로 소개한다.

저 여대생은 내가 죽인 게 맞다. 하지만 뉴스에서 용의자로 말하는 저 남성의 실루엣은 내가 아니다. 확실하다. 내 보폭이 아니고 내 체형도 아니다. 그러나 김필정은 그렇게 생각할 리가 없다. 나의 2번째 실수, 이번에는 나를 죽이러 올 것이다. 뉴스에 나왔으니 그의 귀에는 이미 들어갔을 거다. 그럼 지금 당장 나가서 숨어야 한다. 몸 전체가 따끔거리며 식은땀이 흐른다. 손이 떨리며 심장은 요란하게 쿵쿵거린다.

"후…. 침착하자."

김필정은 나를 죽이지 않을 거다. 달랑 실루엣 하나 나왔다고 나를 죽인다고? 그랬을 거면 김성국 때 이미 죽였을 거다. 하지만 생각과는 반대로 몸이 미친 듯이 떨린다.

"침착해!"

나는 소리를 지르며 방방 뛴다. 김필정이 뒤에서 수습해줄 거다. 그가 그렇게 말했다. 하지만 믿을 수 있는가? 그리고 김성국 때는 뉴스에 소식이 뜨고 바로 나에게 연락이 왔었다. 근데 지금은 아무런 연락이 없다. 그 뜻이 무엇일까?

'김필정이 나를 죽이러 오고 있다.'

빠르게 옷을 갈아입는다. 검은색 추리닝, 검은색 티셔츠와 모자가 달린 검은색 바람막이. 생각할 시간도 없이 옷에 뚫린 구멍에 모든 팔과 다리를 집어넣는다. 가방, 현금 6억이 든 가방을 어깨에 메고 핸드폰을 손에 꽉 쥔다. 고개를 빠르게 돌리며 더 챙길 것이 없는지 찾아본다. 저 구석에 보이는 폴더폰. 미끄러지듯 달려가 폴더폰을 집어 펼쳐본다. 아무런 연락이 없다. 당연하다. 지금 죽이러 가겠다고 말하겠는가?

쓸 것 같은 것은 전부 가방에 때려 넣고 다시 어깨에 멘다. 신발을 신고 숨을 천천히 쉬어본다. 그러니 실오라기같이 얇은 정신이 잡힌다.

'칼을 챙겨야 할까?'

아니, 안된다. 칼이 없어도 괜찮다.

'아니야. 나를 죽이지 않을 거야!'

그때 들리는 천둥소리. 번쩍이는 번개가 내 공포를 건드리고 간신히 잡힌 정신이 끊어지며 나는 집 밖으로 뛰쳐나간다.

완전한 어둠, 들려오는 빗소리, 습하고 차가운 공기, 또 한 번 번쩍이는 번개, 밖에는 아무도 없다. 작은 인기척 하나 느껴지지 않는다. 움직이는 차도 없다. 빠르게 뛰어 골목으로 들어간다. 이 근방 동네 길은 전부 꿰고 있다.

골목 깊숙한 곳, 어느 정도 안전하다고 생각한 곳에 쪼그려 앉아 가방을 열어본다. 2개의 핸드폰 전부 아무런 연락이 없다. 다시 잡힌 정신. 김필정이 준 폴더폰은 들고 다니기에는 조금 위험하다.

저 하수구 구멍에 걸린 검은색 비닐봉지를 주워 안에 담긴 빗물을 쏟아내고 물기를 최대한 턴다. 그리고 그 안에 폴더폰을 담고 잘 묶는다. 주변을 살펴본다. 저 앞에 서 있는 오래된 오토바이. 오토바이 뒷바퀴 위에 폴더폰이 담긴 봉지를 두고 이곳을 빠르게 뜬다.

바람이 강하게 분다. 전장의 총알처럼 쏟아지는 비가 얼굴에 부딪힌다. 아무리 방수 바람막이라고 해도 이미 몸은 홀딱 젖은 지 오래다. 또 다른 골목을 지나 큰길가로 나왔다. 아직 늦은 밤은 아니라 사람이 어느 정도 있다. 바로 앞에 보이는 한 명의 남성. 내 쪽으로 걸어오고 있다. 회색 우산에 키는 170 정도, 코트를 입고 바닥을 보며 걷는다. 그리고 방금 골목에서 나온 발소리. 나는 다른 골목으로 황급히 들어가 숨는다. 모든 게 나를 죽이러 다가오는 것 같다.

옆 동네까지 정신없이 뛰어간다. 그리고 깊고 깊은 골목, 불이 꺼진 4층 건물, 2층에 있는 남자 화장실에 하나 있는 변기 칸, 그 안에 몸을 숨긴다. 가방은 바닥에 두고 나는 변기에 앉아 숨을 돌리며 양 손바닥으로 얼굴을 한번 쓸어내린다. 찌릿한 암모니아 냄새부터 역겨운 배설물 냄새, 비 비린내와 함께 올라오는 묵은 담배 냄새까지. 모두 한꺼번에 섞여 죽을 맛이지만, 괜찮다. 곧… 괜찮아질 거다.

"후…"

이럴 때일수록 더욱 정신을 차려야 한다. 숨을 크게 내쉬며 심리적 안정을 찾아본다. 아직도 몸이 떨리고 심장이 시큰거린다. 그래도 최대한 차분해지도록 노력해본다.

'김필정에게 전화를 해야 할까?'

아니, 늦었다.

'아닌가?'

처음 시작한 생각부터 머리가 아프다. 그때 바닥 아래 서 있는 가방에서 작은 불빛이 새어 나온다. 가방의 지퍼를 열고 보니 핸드폰의 화면이 환하게 켜져 있다. 이진수 검사에게 전화가 걸려 왔다.

"여… 여보세요?"

참으려고 했지만, 목소리가 떨린다.

"예, 종혁 씨 전데요. 여대생 납치…"

"그! 영상에 나온 사람 저 아니에요."

나는 이진수 검사의 말을 끊고 변명부터 날린다. 갑자기 화장실 문이 벌컥 열리는 소리와 함께 내 몸이 크게 한번 떨린다. 그리고 걷는 소리, 걸음에 따라오는 바스락 소리, 아마도 우비 소리인 것 같다.

"그게 종혁 씨가 아니든 맞든 제가 봤을 때는 별문제 없어 보여요. 지금 나온 증거가 빗속에서 찍힌 실루엣 하나인데 뭘 어떻게 찾아요. 마침 종혁 씨가 아니라면 더 좋은 거죠. 경찰이 그 사람을 찾을 거니까요."

화면 건너로 넘어오는 이진수 검사의 말은 하나도 들리지 않는다. 지금 몸에 온 신경이 방금 화장실에 들어온 사람에게 집중되어 있다. 근데 그 사람의 숨소리가 들리지 않는다. 이유는 알 수 없지만, 일부러 작게 숨을 내쉬고 있다.

'누구지? 여기까지 찾아온 것도 이상한데 굳이 화장실? 김필정의 부하인가? 나를 뒤따라 온 건가? 그랬다면 바로 하나 있는 변기 칸을 뒤져야 하는데….'

남성은 천천히 걸음을 걷는다.

"그래서 김필정에게 뭐라고 연락이 왔어요?"

남성은 코를 크게 한번 먹고 가래를 뱉는다. 그리고 걸음을 멈춘다. 들려오는 바스락 소리. 나는 사냥감을 찾은 맹수 같은 눈빛으로 앞을 막고 있는 문을 본다. 이 문 앞에 남성이 있다.

"종혁 씨? 들리세요?"

나는 계속 아무런 대답도 하지 않고 있다. 정확히는 못 하고 있다. 밖에 있는 남성에게 집중하고 있어 이진수 검사의 말이 들리지 않는 것도 있지만, 여기서 대놓고 목소리를 내며 대답할 수 없다.

"여보세요?"

밖에 남성이 무언가하고 있는 것 같은데 작은 소리는 거센 빗소리에 묻혀서 전혀 들리지 않는다. 이진수 검사의 전화가 끊긴다.

그도 이상한 낌새를 느낀 것이다. 목뒤에서 나온 식은땀이 등줄기를 흘러간다. 춥다. 귓속에 울리는 심장박동 소리. 하지만 숨을 차분하게 내쉬며 정신을 차려본다. 천둥소리와 함께 깜박거리는 천장 등, 이제는 기괴할 정도의 빗소리, 문밖에 서 있는 누군가.

'죽이자.'

모든 생각이 한 가지 결론에 도달한다. 나는 변기 칸의 문을 고정하고 있는 쇠막대를 조심스럽게 옆으로 민다. 그리고 문을 손끝으로 툭 친다. 문이 서서히 열린다. 남성이 뒤돌아 있다면 몰래 다가가 목을 조른다. 나를 보고 있다면 바로 달려들어서 육탄전을 벌인다.

끼기익!

서서히 열리던 문이 멈추며 녹슨 경첩이 듣기 싫은 소리를 낸다. 축축한 화장실, 등을 돌리고 있는 남성, 검은색 우비, 키는 188? 190…? 그래도 뒤에서 기습하면 이길 수 있다. 어떻게든 처리가 가능할 것이다. 안 되면 피가 나와도 괜찮으니 그냥 죽이자. 이진수 검사가 도와주겠지.

"어! 씨, 깜짝이야! 누구세요?"

가만히 서 있던 남성이 갑자기 고개를 돌리더니 소리를 친다. 벙찐 표정, 손의 위치와 헐렁한 바지를 보아하니 소변을 보고 있었다. 나는 그대로 몸이 굳고 놀란 표정으로 그 남성을 가만히 본다.

그리고 바닥에 있는 가방을 손에 쥐고 밖으로 달려 나간다.

불이 꺼진 또 다른 건물의 지하, 작은 공용 화장실 변기 칸에 숨었다. 이곳은 아까 있었던 곳보다 더욱 초라하다. 지하에 있어 빗소리는 들리지 않지만, 더 습하고 더 더럽다. 변기 뚜껑은 팔아먹은 건지 보이지 않고 변기에 소변이 잔뜩 묻어있다. 그러나 그 위에 앉는다. 다시 가방은 바닥에 두고 핸드폰을 꺼내 이진수 검사에게 전화를 건다. 전화가 바로 끊기고 다시 걸려 온다. 전화를 받는다. 이진수 검사는 아무 말이 없다.

"여보세요?"

한 3초 정도 말이 없으니 답답해서 내가 먼저 말을 꺼낸다.

"괜찮으신 거죠?"

이진수 검사가 조심스럽게 말한다.

"예, 아무 일도 없어요."

"다행이네요. 그럼 상황이 상황이니만큼 빠르게 말씀드리겠습니다. 김태웅 씨가 계획이 마무리되었다고 연락을 줬어요. 23일 오전 3시 북초동, 대국로 23-1 지하."

전화가 끊겼다. 말없이 끊기는 전화에 짜증이 확 올라오지만, 내가 할 수 있는 것은 없다. 항상 그랬듯이 말이다. 우선 잊어버리기 전에 핸드폰 메모장을 켜서 23일 오전 3시, 북초동 대국로 23-1 지하를 적는다. 그리고 화면 상단에 떠 있는 오늘의 날짜를 확인해

본다. 21일 오후 11시, 지금부터 2일 정도를 밖에서 버텨야 한다.

누군가 나를 죽이기 위해 쫓고 있다. 그냥 바보 같은 사냥감 신세가 되어버렸다. 아니면 나의 망상일 수도 있다. 아무도 나를 쫓지 않고 홀로 정신병 걸린 사람처럼 행동하는 것일 수도 있다. 하지만 내가 할 수 있는 건…. 할 수 있는 것은 아무것도 없다.

"하…."

우울한 감정에 한숨을 쉬며 잠시 변기에서 일어선다. 오랜 시간 변기에 앉아 있었더니 다리가 저렸기 때문도 있고 가만히 있을 수 없는 감정 때문도 있다.

피곤하다. 몇 달째 피곤을 달고 사는지 모르겠다. 몸이 젖어있는 것은 익숙하다. 가끔 벌레가 몸에서 기어 다니는 것도 어느새 적응되어 신경 쓰이지 않고 있다. 그렇게 변기에 앉고 다시 일어서고 좁은 변기 칸 안을 걸어보고 다시 앉고를 반복한다. 오랜 시간이 지나고 핸드폰을 켜본다. 오전 1시.

"하…."

느리게 가는 시간 때문에 한숨이 절로 나온다. 김필정은 나에게 연락을 했을까? 아니면 내 집에 찾아왔을까? 아니, 신경을 쓰기는 할까?

"당연히 신경 쓰겠지. 병신아. 뉴스에 나왔는데…."

나는 머리를 박박 긁는다. 여기서 똑똑한 척 생각에 빠져봤자 바뀌는 것은 없다.

배고프다. 답답하다. 무섭다. 졸리다. 이제 서 있을 힘도 없다. 이번에는 변기 앞 바닥에 앉아 곰팡이 슨 벽에 등을 기댄다. 그리고 가방을 끌어안고 눈을 감는다. 허리가 아프지만, 자세를 바꿀 힘이 없다. 뭔가 하려고 했으나 잠이 들어 버렸다.

"여기다. 찾았다."

누군가의 말소리에 눈이 번쩍 떠진다. 화장실 바닥에 앉아 이를 악물고 주먹에 힘을 꽉 준다. 정신을 차려보니 말소리는커녕 사람의 숨소리도 들리지 않는다. 또 꿈이었다. 천장에 밝기를 보니 해가 떴다.

"폴더폰…."

화장실 문을 열어 밖으로 나간다. 비는 많이 약해졌다. 숨겨두었던 폴더폰을 확인하니 김필정의 연락은 없다. 폴더폰은 또 다른 곳에 숨기고 나는 다른 화장실에 숨는다. 그리고 변기 앞 바닥에 앉는다. 이제는 원룸에 있는 매트리스보다 화장실 바닥이 더 편하다. 더러움이나 찝찝함은 느껴지지 않는다. 근데 진짜 졸리다. 아니, 그보다 배고프다. 너무나 배가 고프다. 목도 마르고 죽을 것 같다. 핸드폰 배터리도 이제 10% 아래로 내려갔다. 어떻게 밤까지만 버텨보자. 죽지는 않을 거니까. 그렇게 졸다 깨다 졸다 깨다를 반복했다. 시간이 흐른 것 같으면 다른 화장실로 옮겼다. 그리고 시간은 22일 오전 4시. 아직도 하루가 더 남았다. 다시 가방을 끌어 앉고 눈을 감는다.

"여기 있냐?"

김필정의 목소리에 눈이 번쩍 떠지며 숨이 급격하게 들이쉬어진다. 또 이상한 말소리에 잠에서 깼다. 놀란 마음을 가라앉히기 전 화장실 바닥에 떨어진 핸드폰을 주워 시간을 본다. 23일 30분 전. 오른손에는 은박지에 쌓인 김밥 한 줄이 쥐어져 있다. 길거리에서 김밥 파는 할머니에게 샀다. 그리고 김밥을 사는 김에 그 옆에 있던 만물상 아저씨에게 중국산 보조 배터리도 같이 사서 핸드폰을 충전했다.

'왜, 갑자기 내 인생은 이렇게 시궁창이 되었을까? 어디 편하게 눕지도 못하고 돌아다니지도 못하고…. 진짜, 시발.'

눈이 반쯤 감기지만, 김밥을 감싸고 있는 은박지를 걷어내 입에 문다. 김밥은 차갑고 쉰내가 난다. 맛은 잘 느껴지지 않는다. 근데 맛있는 것 같다.

"어디부터 잘못된 걸까? 내 계획은 항상 완벽했는데…. 맞잖아?"

빗물에 몸이 젖어 춥다. 흘러나오는 콧물을 들이마시며 김밥을 한입 더 베어 문다. 퍽퍽하고 맛없다.

"그냥 평범하게 공장이나 다닐걸. 아니, 그냥 바에서 만난 그년이랑 상종도 하지 말았어야 했나? 아니, 아니. 대천 차남…. 이제 그 새끼 이름도 기억이 안 나네."

여물 먹은 소처럼 김밥을 계속 오물거린다. 삼킬 힘이 없다. 고개가 바닥에 떨어진다. 내 몸에서 뚝 뚝 떨어지는 빗물. 그 빗물이 바닥에 고여 신발에서 떨어진 흙과 만나 더러운 흙탕물로 변한다. 그 흙탕물 위를 힘겹게 헤엄치고 있는 이름 모를 작은 벌레. 마치 나 같다. 나처럼 흙탕물 위에서 살기 위해 힘겹게 헤엄치고 있는 벌레.

내가 미친 건지 갑자기 웃음이 터진다. 모든 게 꿈이었으면 좋겠다. 지금까지의 상황이 모두 악몽이었으면 좋겠다. 갑자기 눈이 떠지며 공장으로 출근하고 싶다. 손등을 꼬집어 본다. 당연히 아프다. 그렇다는 건 지금이 현실이라는 말이다. 당장이라도 울음이 터질 것 같다.

"제발…. 제발! 꿈이었으면!! 부탁이다."

나는 반이나 남은 김밥을 뚜껑이 닫힌 변기 위에 올려둔다. 맛은 있는 것 같으나 도저히 입에 들어가지 않는다. 그리고 언제 또 바닥에 떨어진 핸드폰을 들어 화면을 켜본다. 통장 잔고, 그동안 몇 억은 쓴 것 같은데 아직도 돈이 넘쳐난다. 가뭄 속에서 단비가 내리듯 절망 속에서 웃음이 나온다. 하지만 금세 웃음기는 사라진다. 공장 다니던 그때가 가장 좆같은 시기라고 생각했었는데 지금 와서 보니 그때가 가장 행복했었다. 진짜 그립다. 다시 공장으로 출근하고 주말에 바에 가고 싶다.

　이상한 한탄을 뱉으며 몇 시간을 보냈다. 이제 이진수 검사를 만날 시간이 다가오고 있다. 김필정이 죽을 날이 얼마 남지 않았다는 말이기도 하다. 금이 간 세면대 앞에 서서 얼굴을 씻는다. 그리고 목이 마르니 두 손을 모아 수돗물을 담아 마신다. 손에 묻은 물로 떡진 머리를 씻어내듯 정리한다. 돈이 든 가방을 앞으로 메어 더러운 것들을 털어내고 다시 등 뒤에 멘다. 밖으로 나가 골목으로 들어가고 다른 골목을 통해 또 다른 골목으로 간다. 담을 넘고 사람의 눈을 피해, 차들을 피해, 누군가를 피해 계속 걸음을 옮긴다. 그렇게 도착한 건물. 5층 정도 되어 보인다. 간판 하나 달려 있지 않은 게 이상해 보이지만, 그렇기에 여기로 모이는 것이다. 새벽이니 당연히 불은 꺼져있고 외진 곳이라 사람이나 차는 없다.

　불빛 하나 없는 어두운 건물의 유리문, 그 앞에 내가 서 있다. 비를 맞는 것은 이제 숨 쉬는 것과 같으니 전혀 신경 쓰이지 않는다. 시간은 2시 47분. 핸드폰으로 시간을 확인한 후 고개를 들자 누군가 건물 안에서 걸어온다. 걸음걸이와 체격을 보니 이진수 검사라는 답이 바로 나온다. 그는 닫혀 있는 유리문을 연다.

　"종혁 씨, 반갑네요. 잘 지내셨죠?"

　이진수 검사는 문을 닫고 우산을 펼친다. 그리고 환한 웃음으로 나를 반겨준다. 깔끔한 머리 스타일에 깔끔한 복장, 깔끔한 얼굴에 깔끔한 향기까지. 나는 아무 말도 하지 않는다. 말할 힘이 없을뿐더러 지금 나의 처지가 이진수 검사와 너무나 많은 괴리감이 든다.

"어제 뉴스 봤죠? 그 여대생 납치범 영상. 오토바이 블랙박스에 찍힌 실루엣 누군지 잡힌 거 알아요?"

그는 나에게 가까이 다가오며 말한다.

"안 궁금하고. 어떻게 내가 지금 도착한 줄 알았어요?"

"뭐~ 그냥 올 때쯤인가 싶어서 기다릴 겸 나왔죠. 중요하게 말할 것도 있고 해서요."

이진수 검사는 나를 지긋이 쳐다본다. 지금 내 정신이 반쯤 미쳐있는 상황이라 감정이 오락가락한다. 지금은 이유 없는 짜증이 올라온다. 이성은 가출한 지 오래다.

"뭔 말이요."

"그보다 꼴을 보아하니 밖에서 숨어 다닌 거 같은데, 김필정은 종혁 씨를 쫓고 있지 않아요. 걱정하지 마세요."

그의 말을 듣자마자 내 신경이 날카롭게 선다.

"시발, 너가 그걸 어떻게 알아?"

"에이~ 왜 그래요. 저도 찾아봤죠. 종혁 씨는 저에게 중요한 사람이니까요. 제가 뒤에서 다 봐주고 있어요. 그래서 그런데 이번 일 잘 끝내면 계속 같이 일하지 않을래요?"

이진수 검사는 반쯤 비에 잠긴 아스팔트 바닥을 구두 끝으로 두드리며 말한다.

"뭐요?"

"뭐는 아니라. 단도직입적으로 같이 정치판을 만들자는 말이에요. 제 머리에 종혁 씨 능력이면 대한민국이 바뀔 수 있어요. 지금 김필정 일은 저의 커다란 계획에 일부분? 빙산의 일각이라고 할까요?"

이진수 검사는 나를 중심으로 원을 그리며 천천히 걷는다.

"종혁 씨는 어디서 공장 다니고 누구 밑에서 청부 살인이나 하며 다닐 사람이 아니에요. 저만 믿으세요. 그리고 저는 종혁 씨를 믿죠. 저희는 10년 안에 대한민국 먹을 겁니다. 그리고 종혁 씨를 대한민국 최고의 자리 중 한 자리에 앉혀 드릴게요."

그는 걸음을 멈추고 검지를 치켜세우며 하늘을 가리킨다.

"아니요. 그냥 저희는 여기서 끝냅니다. 이미 공상 안 다녀도 될 만큼 벌었어요. 그냥… 어디 시골 같은 데서 조용히 살고 싶네요. 죄송해요."

나는 힘없이 손을 흔든다. 바짝 긴장되었던 신경이 풀리면서, 이유 없었던 짜증과 분노도 모두 사라졌다. 갑자기 피곤함이 몰려온다. 이제 그냥 평범하게 지내고 싶다. 누구를 죽이고 하는 일, 이제 싫다. 지금 내 꼬라지를 봐라. 이진수 검사와 계속 같이 일했다가는 이 꼴보다 더 추한 꼴을 면하지 못할 게 뻔히 보인다. 그리고 뭔 검사가 대한민국을 바꾸고 내가 최상위층에 앉겠는가. 이진수 검사도 단단히 미쳐있는 사람이다.

"에이~ 뭐가 문제예요? 양복 쫙 빼입고 배지 하나 달면 모두가 종혁 씨 앞에서 빌빌 기어요. 지금 사람을 죽였는데 뭔 배지냐? 이런 생각하실 수 있어요. 근데 종혁 씨보다 더 더러운 사람들이 저 푸른 곳에 널리고 널렸어요. 만약 종혁 씨가 더 더럽다고 해도 저는 종혁 씨 배지 달게 해줄 수 있습니다. 돈? 그거 부족할 수 있어요. 그래도 종혁 씨도 종혁 씨 부모님도 그 주변 가족까지 평생 먹고살게 해줄 돈 받을 수 있습니다. 제가 그렇게 만들어드리죠."

그의 힘 있는 말에 어느새 나도 집중하고 있었다. 엄청난 자신감, 자신에 대한 확신, 지금 알았는데 그는 모든 걸 꿰뚫어 보는 눈을 가지고 있다. 하지만 나는 더 이상 절대로 이진수 검사와 같이 일하지 않을 거다. 이미 마음을 굳혔다.

"됐다고요. 그냥… 이번을 끝으로 하죠."

나는 고개를 힘없이 흔들며 말한다.

"제 말이 이상하게 들리죠? 지금 종혁 씨는 안될 거라고 생각하는 거예요. 검사랑 살인자랑 뭔 대한민국을 바꾸겠냐 이 생각하고 있는 거죠! 근데 저는 지금까지 안되는 걸 해왔고 안되는 걸 계속 되게 할 거예요. 저만 믿으세요."

"그만하겠다고."

나는 그의 눈을 정면으로 마주 보며 말한다. 지금의 감정은 이유 없이 끓어오르는 화. 나의 확고한 거절에 이진수 검사의 표정이 어둡게 변한다.

"그럼, 솔직하게 저는 종혁 씨가 너무 무서워요. 저를 죽일 수도 있잖아요. 물론 이미 다 대비는 해놨지만, 그래도 제가 죽는 건 막을 수가 없어요. 종혁 씨가 어떻게 사람을 죽이고 어떤 방법을 사용하는지 아무것도 모르는데 막을 수가 없죠. 지금 종혁 씨를 죽이거나 체포한다 이 말이 아니라, 음… 종혁 씨가 한국에 있으면 좀 그러니까 외국에 좀 오래 있었으면 하는데 괜찮죠? 비행기 표는 당연히 드리고요."

이진수 검사는 고개를 반쯤 옆으로 꺾으며 말한다.

"나보고 외국으로 떠나라고?"

어이가 없다. 갑자기 외국으로 떠나라니, 쉽게 받아들일 수 있는 조건이 아니다. 아니, 절대로 받아들일 수 없다. 저 새끼가 뭔데 나를 쫓아내는가?

"굳이 꼭 외국으로 떠나라는 이야기는 아닌데, 그냥~ 서로 불편하잖아요. 종혁 씨는 저를 죽일 수 있잖아요? 저는 무섭다니까요? 그리고 서로 나쁜 짓도 하고 있고 종혁 씨가 저의 편이 아닌데 제가 어떻게 믿어요."

그는 나의 눈을 마주 본다. 강압적인 눈빛. 지금 말이 그렇지 같은 편이 되지 않을 거라면 외국으로 떠나라는 명령이다. 이 제안도 거절한다면 끝이 좋지 않다. 이진수 검사가 직접 말하지 않았지만, 당연히 알 수 있는 답이다. 어쩌면 이게 그가 나에게 베푸는 마지막 호의일 수도 있다.

'왜 나에게 이런 좆같은 상황만 나타나는 거야⋯. 시발!'

"예."

나는 딱딱하게 대답한다.

외국으로 떠나기 싫다. 그의 조건을 받아들일 수 없다. 근데 내가 할 수 있는 게 뭐가 있는가? 완벽한 계획? 그런 게 됐을 거면 여기에 오지도 않았다. 그냥 머리가 어지럽고 졸리다. 다 포기하고 편안하게 살고 싶다. 지금의 감정은 알 수 없는 공허함.

"그럼 들어가시죠~ 이제 일을 끝낼 때가 온 겁니다. 김필정 죽여야죠."

이진수 검사는 내 대답에 활짝 웃으며 어깨동무를 하고 같이 건물로 들어간다. 내 어깨 위에 올려져 있는 그의 팔이 묵직하다. 이제 서서히 느껴진다. 이진수 검사는 김필정보다 더욱 무서운 사람이라는 걸.

9. 그늘

지하로 내려가는 계단 옆, 간판이 있었다는 자국만 보인다. 먼지가 가득한 빨간색 카펫을 따라 더욱 깊숙이 아래로 내려간다. 그렇게 완전한 지하에 도착한다. 양옆에 쫙 깔려있는 방. 대충 이곳에 생김새를 보아하니 과거 노래방으로 사용했던 곳 같다.

"계속 갑시다~"

이진수 검사가 어깨동무를 풀고 손바닥으로 내 등을 밀며 능청스럽게 말한다. 그리고 걸음이 멈춘 방. 이진수 검사가 문을 열고 나를 슬며시 방안으로 민다. 들어간 방은 안 쓴 지 몇 년이 되어 보인다. 벽에 붙어있는 커다란 디귿 자 소파, 화면 전체가 깨진 노래방 기계, 희미하게 방을 비추는 하얀 전등과 그 아래 커다란 책상, 책상 위에 펼쳐진 여러 장의 종이, 손에 종이를 끼고 읽고 있는 김태웅.

나는 가장 가까운 의자 끝에 빠르게 앉는다. 등받이에 완전히 기대고 몸을 축 늘어트린다. 이진수 검사는 나의 맞은편에 앉는다. 너무나도 깔끔한 모습에 이진수 검사가 다시 한번 눈에 들어온다.

그리고 잡티 하나 없이 멀쩡한 김태웅, 언제나 불룩한 양복 차림. 김태웅이 갑자기 나를 본다. 한심한 눈빛, 꼬질꼬질한 나를 낮게 보는 눈빛.

'병신같은 거지새끼를 데려왔어.'

그때 김태웅이 했었던 말이 갑자기 생각이 나며 분노가 나를 찌른다. 오늘 저 새끼가 이상한 말을 던지는 순간 바로 죽여버릴 거다.

"반가워. 동갑이니까 서로 편하게 말은 놓자고."

김태웅은 자리에서 일어나 악수를 건넨다. 나는 손을 들어 악수를 위해 건너온 김태웅의 손을 강하게 쳐낸다. 그는 인상을 쓰며 다시 앉는다.

"저번에 봤을 때는 기분도 좋지 않았고 솔직하게 딱 봤는데, 그렇게 마음에 드는 페이스가 아니었어. 근데 지금은 좋게 보고 있어. 그때는 미안하다."

김태웅은 내게 맞은 손을 털며 말한다.

뭔가 사과하는 듯 싶었지만, 괜히 또 한 번 나를 콕 찔러 본다. 막상 화를 내려고 해도 화낼 힘이 없다. 지금 나의 상태는 나도 모르겠다. 김태웅은 말을 끝내고 들고 있던 종이 한 장을 테이블 위로 올려놓는다. 그리고 그 종이를 내 쪽으로 민다.

"서정수, 전무 이사인데 서 이사라고 불리는 사람이야. 할아버지가 아빠에게 화장 자리 주기 전부터 아빠 옆에서 일하던 사람이지. 능력도 좋고 덕목도 좋고 운도 좋은 새끼야. 아빠가 사라지면 대천 회장직은 이놈이 먹는다. 지금 아빠도 그렇게 준비하고 있고."

나는 앞으로 밀려온 종이를 들어본다. 서정수에 대한 신상 정보가 전부 있다. 전화번호부터 키우는 물고기 마릿수까지 적혀있다. 그래봤자 A4 용지 반장도 채우지 못한다. 그리고 가장 밑에 있는 한 문장, 또 다른 집 주소다.

"마지막에는 누구 집 주소야?"

나는 김태웅을 바라보며 질문했지만, 이진수 검사가 대답한다.

"그거는 김필정 씨 자택 주소입니다. 종혁 씨가 서정수 그분을 살해하시고 몇몇 확실한 증거만 김필정 씨 자택 안에 잘 넣어 두시면 제가 마무리하겠습니다. 종혁 씨의 머리카락이나 증거 같은 게 나와도 제가 다 걷어낼 거니까 걱정은 안 하셔도 돼요."

이진수 검사의 말에 나는 고개를 끄덕인다.

"근데 서정수, 이 사람 하나만 죽이면 돼요? 그래도 그룹에 회장 자리를 바꾸는데 한 명만 죽는다고 되겠어요? 그때 말하는 거 보니 세력 같은 게 있다고 하던데."

나는 이진수 검사에게 질문했지만, 이번에는 김태웅이 대답한다.

"그럼 한 명이면 됐지. 더 죽이게?"

김태웅의 대답에 입이 꽉 다물린다. 더 이상 저 새끼와 대화를 이어 나갔다간 진짜 죽여 버릴 것 같다.

"서정수, 저 사람만 없으면 돼. 내가 밑에는 다 포섭해 놨고 판도 다 깔아 놨어. 어차피 그 밑의 사람들은 변화를 따라가는 사람들이야. 그냥 바뀌는 대로 사는 사람들이라서 괜찮아."

김태웅이 말한다.

"이제 종혁 씨 차례예요. 종혁 씨만 일을 끝내면 다 끝나는 겁니다. 시간은 어느 정도 걸릴 것 같으세요? 최대한 빠르게 끝내주시면 좋은데."

김태웅이 말을 끝내자마자 이진수 검사가 이어 말한다.

"정확하게 언제라고 말씀은 못 드리고 서정수 이 사람이 평범하게 지낸다면 2주 정도 걸릴 것 같네요."

"그럼 서정수 씨를 처리하시고 다음 날 오전 10시, 김필정 씨 자택에 증거물을 놓고 와 주세요. 그리고 저에게 문자 한 통만 넣어 주시면 돼요. 문제가 있어도 연락하시고요."

이진수 검사의 말에 나는 대충 고개를 끄덕인다. 이진수 검사도 미소를 지으며 고개를 끄덕이고 테이블에 펼쳐져 있는 종이 몇 장을 골라 집는다. 그리고 김태웅과 대화를 시작한다. 서로 대화가 오간다. 이야기의 대부분은 이진수 검사가 이끈다. 김태웅은 가만히 앉아서 이야기를 듣고 있다. 수많은 이름과 날짜, 앞으로의 계획과 미래, 포섭된 사람과 반대 세력의 사람들, 정치 이야기와 돈 이야기, 중국과 일본, 저 말들이 어렴풋이 들리지만, 귓속으로 들어오지는 않는다. 그렇게 그들은 20분 째 떠들고 있고 나에게는 한마디의 말도 건네지 않는다.

'나는 저들에게 무엇일까?'

한 가지 질문이 떠오른다. 그러나 다른 질문이 꼬리를 물고 이어가지 않는다. 너무 졸리다. 지금 억지로 눈을 뜨고 있다. 눈만 감으면 바로 잠이 들 것 같다.

나는 이 일이 끝나면 해외로 떠나야 한다. 이진수 검사와 함께 한국에 남아 있을 수 있지만, 이러한 일이 반복될 거라는 생각이 든다. 확실하다. 그냥 모든 것을 버리고 해외로 가는 것이 맞는 선택이다. 술에 취한 것처럼 힘없이 고개를 끄덕인다.

'맞겠지?'

처음으로 내 생각에 의문이 든다. 저들의 이야기는 끊기지 않는다. 나는 가만히 앉아 있다. 내 앞에 놓여 있는 종이 한 장.

'이게 저들이 생각하는 나의 분량인가? 나는 무엇일까? 가장 위험한 도구 같은 거?'

알 수 없는 생각과 함께 정신이 멍해진다. 몸에 힘이 들어가지 않고 입에서 침이 주르륵 흐른다.

"김태수, 오종진, 최필, 김성국, 이영지."

이진수 검사의 입에서 5명의 이름이 나온다. 나는 그들의 이름을 듣자마자 정신이 번쩍 들며 눈이 크게 떠진다. 내가 뭔가 말하려고 하기 전에 김태웅이 먼저 입을 땐다.

"니가 내 동생 죽였냐?"

김태웅이 나를 노려본다. 하지만 거짓의 눈빛, 정말로 화가 나거나 그런 것이 아니다. 이진수 검사가 작게 손짓하는 것이 눈에 보이지만, 신경 쓰지 않는다.

"시발, 어쩔 건데?"

어차피 김태웅은 화가 나지 않았고 지금 내 기분도 좋지 않으니 일부로 시비 걸듯 말을 뱉는다. 이제 눈에 뵈는 게 없다. 하지만 김태웅은 오히려 코웃음을 친다. 역시 별 신경 쓰지 않는다.

'어떻게 동생을 죽인 사람이 앞에 있는데 그냥 넘어갈 수 있지?'

그건 내가 신경 쓸 것은 아니다. 지금 진정으로 신경 써야 하는 것은 어떻게 이진수 검사가 내가 죽인 사람을 전부 알고 있냐는 것이다.

"저기…"

"저희 이야기 금방 끝나니까 잠시만 기다려 주세요."

이진수 검사는 단칼에 내 말을 끊는다. 나는 아쉬운 한숨을 내쉬며 가려운 머리를 벅벅 긁는다. 그의 말에 토 달지 않는다. 여기서 괜히 뭔가 말해 봤자 그냥 정신 나간 노숙자처럼 보일 게 뻔하다. 솔직히 피곤해서 가만히 있는 게 크다.

"종이는 저 주십쇼. 제가 태우겠습니다."

정말로 이진수 검사와 김태웅의 대화는 금방 끝이 났다. 이진수 검사는 김태웅이 들고 있던 종이와 테이블 위에 있는 종이까지 전부 모아 정리하고 들고 온 작은 가방에 담는다.

"그거는 가져가셔도 돼요."

내가 이진수 검사에게 들고 있던 종이를 건네자 그는 거절한다. 그리고 이진수 검사와 김태웅은 자리에서 일어난다. 나에게는 별말 없었지만, 눈치껏 자리에서 일어난다. 이진수 검사는 방의 문을 열고 잡는다. 김태웅은 양복 재킷 안에서 전자 담배를 꺼내며 방밖으로 나간다. 나도 김태웅의 뒤를 쫓아가는 척하다 이진수 검사 앞에서 걸음을 멈춘다.

"어떻게 내가 죽인 사람을 전부 알고 있어?"

나는 시뻘건 눈을 부릅뜨며 말한다.

"뭐, 여기까지 와서 거짓말은 안 할게요. 김필정이 저에게 말했어요. 제가 말할 수 있는 건 여기까지."

이진수 검사는 차갑게 대답한다. 그리고 손을 들어 나보고 문밖으로 나가라는 손짓을 한다. 김필정의 이름이 들리자마자 피곤함은 사라진다. 지금 가슴속에 날뛰는 감정은 오로지 분노.

"너 뭐 하는 시발 새끼냐?"

나는 화난 개처럼 이를 보이며 욕설을 뱉는다. 그러자 이진수 검사는 문을 잡고 있던 손을 놓고 문을 닫는다. 그 손으로 코를 슥 한번 만진다. 그리고 나의 뺨을 강하게 때린다. 빠르게 한 번 더 때린다. 또다시 날아오는 손을 막아 봤지만, 바로 왼쪽에서 손이 날아와 내 뺨을 때린다.

"종혁 씨 반말하지 마세요"

이진수 검사는 말을 끝내고 뺨을 한 대 더 때린다. 그리고 5초 정도 흐르는 정적.

"갑자기 흥분했네요. 죄송해요. 종혁 씨는 아까부터 저의 사람이 아니에요. 그냥 지금 같이 일하는 일회성 사람이에요. 저한테 반말하면서 욕하지 마세요. 기분 상당히 나쁘네요."

이진수 검사의 표정이 무섭게 굳어있다. 나는 잔뜩 달아오른 뺨에 손을 올린다. 화난 숨을 내쉬고 있을 뿐 아무 말도 하지 못한다. 그의 분위기에 완전히 눌렸다. 지금 내 눈에는 이진수 검사의 덩치가 산처럼 거대하게 보인다. 절대로 그와 싸워 이길 수 없다는 무력함이 머릿속 한가운데 박힌다. 하지만 눈을 부릅뜨고 그를 노려본다.

"그 눈빛 뭐에요? 저 죽이려고요? 죽일 거면 지금 죽여요. 여기서 나가면 죽이고 싶어도 못 죽여요."

이진수 검사는 나를 내려보며 말한다. 나는 눈에 힘을 주고 있지만, 완전히 기가 죽어있다. 그가 두렵다. 숨이 떨린다. 하지만 모든 걸 숨기기 위해 눈에 힘을 더욱 주고 그를 죽일 듯이 노려본다.

"종혁 씨, 그냥 조용히 외국 가서 살면 아무 문제 없어요. 대신 다신 한국에 오지 말고."

이진수 검사는 내 뺨을 때린 손을 털며 말한다. 나는 그에게 말을 하고 싶다. 그의 입에서 나온 김필정에 대해서 알아야 한다. 하지만 입이 떨어지지 않는다. 내가 지금 할 수 있는 건 억지로 뜬 눈으로 그를 노려보는 것뿐이다. 한심하다.

"시이…발, 김필정이랑 당신 뭐야. 어디까지 알고 있어."

나는 겨우 턱을 벌려 말을 뱉는다. 최대한 무섭게 노려보고 있지만, 이진수 검사는 나를 귀엽게 보고 있다.

"알았어요~ 때린 것도 미안한데 그 정도는 대답해 드리죠."

그는 말을 하며 아주 천천히 나에게 걸어온다.

"어디까지 알고 있냐? 그거 먼저 대답해 드리죠. 음…. 아픈 엄마로 협박해서 박하윤 보고 당신 꼬시라고 한 거?"

점점 나와 가까워진다. 숨통이 조여온다.

"김태수에게 여친이 딴 남자랑 바람났다고 꼰지른 거?"

다가오는 이진수 검사와 거리를 벌리기 위해 뒷걸음질 친다. 너무 무섭다. 다리가 후들거린다.

"아니면 김성국 코트에 녹음기를 넣어둔 거?"

이진수 검사는 걸음을 멈춘다.

"확실한 건 종혁 씨가 알면 안 되는 것까지 전부 알고 있죠."

그는 미소를 지으며 정중한 손짓으로 문을 가리킨다. 나는 이제 잔뜩 겁먹은 감정을 숨기지 못하고 울상을 지으며 시선을 아래로 내린다. 지금 내 꼴은 호랑이를 마주한 강아지 새끼다.

"에이~ 전부 농담이에요. 제가 뭘 어떻게 알아서 종혁 씨에게 박하윤을 붙여요. 그쵸? 그리고 김필정 이야기는 나중에 직접 가서 들으세요."

이진수 검사는 한쪽 입꼬리만 높게 올리며 말한다. 방금 그의 말은 대부분 진실, 농담이라는 부분은 확실한 거짓이다. 그 뜻은 김성국 코트에 녹음기를 넣어둔 게 이진수 검사라는 말이다.

'근데 박하윤은 어떻게 알고 있지?'

아니, 도망치자. 나는 이진수 검사를 이길 수 없다. 죽일 수 없다. 상대조차 불가능하다. 나는 문을 열고 방을 뛰쳐나온다. 너무 무서워 눈물이 흐를 지경이다.

방이 이어지는 복도를 지나, 모퉁이를 도는 순간 김태웅이 불쑥 튀어나와 손으로 내 몸을 뒤로 밀친다.

"화장실 좀 같이 가자."

내 뒤를 따라오던 이진수 검사는 고개를 슬쩍 돌려 김태웅과 나를 쳐다보지만, 아무 말 없이 그냥 계단 위로 올라간다.

"뭐야."

나는 이를 악물고 김태웅에게 말한다. 얼굴을 문지르는 척 조금 흐른 눈물을 닦아낸다. 지금 김태웅은 나를 밀고 있지는 않지만, 손은 그대로 내 가슴에 두고 있다. 그리고 고개를 뒤로 살짝 돌린다. 이진수 검사가 위로 올라갔는지 보는 것이다.

"할 이야기가 있어서 그러지."

"꺼져."

나는 가슴 위에 있는 그의 손을 툭 쳐내며 말한다. 지금 누군가와 이야기할 기분이 아니다. 이 새끼랑은 더더욱. 김태웅은 괜찮은 척 재수 없는 표정을 지으며 벽에 등을 기댄다.

"너는 저 검사 새끼 어떻게 생각하냐?"

김태웅은 고개를 숙이며 최대한 말소리가 새어나가지 않게 조심히 말한다. 계단을 올라가는 발소리와 문이 열리는 소리까지 들렸으니 이진수 검사가 나간 것을 알 수 있다. 내가 아무 말 없이 그를 노려보자 김태웅은 한숨을 내쉬며 다시 말을 꺼낸다.

"이진수 죽이자. 어때? 너 설마 저 이진수라는 사람 믿는 거 아니지? 저 새끼도 정권에 목줄 묶인 똥개 새끼야. 옛날에는 우리 아빠랑 같이 일하고 그랬던 놈이라고. 그런 새끼가 지금 네가 사람을 죽이는 걸 다 아는데 믿고 있는 거 아니지? 내 말 잘 들어. 저 새끼는 너를 평생 써먹고 버릴 놈이야. 죽이는 거 말고는 답이 없어."

김태웅은 어느새 내 코앞에 얼굴을 들이밀고 말을 하고 있다. 방금 이진수 검사와 대화를 하고 이 말을 들으니 반쯤 설득당할 뻔했다. 하지만 이제 완전히 끝을 내야 한다. 더 이상 일을 키우면 안 된다. 이진수 검사에게 도망쳐야 한다.

"이번 일 끝나고 저 검사 죽이고 같이 일하자. 내가 두둑이 챙겨 줄게."

나는 같이 일하자는 말을 듣자 탄식에 가까운 숨을 내쉰다. 제 아비에게 능력을 인정도 못 받고 어디 팀장이나 하고 있는 그룹의 장남, 능력도 없는 사람이랑은 같이 일하지 않는다. 이진수 검사에게서 도망치는 것이 아니어도 이제는 해외로 떠나야겠다는 생각이 확실하게 굳어진다. 전부 나를 이용해 먹을 생각뿐이다.

"야~ 우리 잘해보자. 내가 회장직 앉으면 크게 하나 해 줄게. 지금 하나 있는 동생 죽었지, 엄마 바람나서 이혼했지, 아빠 죽으면 재산 상속 1순위가 나야. 그럼 얼마가 들어오는지는 아냐? 거의 조 단위야, 이 새끼야!"

그는 나에게 하소연하듯 과장된 손짓까지 사용해 가며 말한다.

"꺼지라고."

진짜 다 꺼졌으면 좋겠다. 조 단위의 돈은 너무 커서 딱히 와 닿지도 않고 김태웅은 원래부터 믿지도 않았다. 나는 그를 밀치고 계단으로 향한다.

"야! 뭘 원해. 차? 집? 서울에 빌딩 하나 줘? 시발! 돈은 넘치고 넘치도록 줄 수 있어! 마약? 연예인이랑 섹스 한번 해볼래? 원하는 거 다 말해!"

나는 울부짖는 김태웅의 말을 무시하고 계단을 오르기 위해 발을 뗐지만, 다시 발을 바닥에 붙이고 뒤를 돈다.

"너가 알고 있는 이진수의 계획이 뭐야?"

김태웅은 잠시 대답을 머뭇거리다가 어쩔 수 없이 입을 벌린다.

"너가 알고 있는 게 다야. 그놈이랑 다른 이야기는 많이 했는데 솔직히 나도 잘 몰라. 내가 이해한 건 그 새끼 계획이 한두 개가 아니라는 거, 10년 넘게 진행해야 하는 계획인 거 정도."

김태웅은 말을 멈추고 나에게 가까이 다가와 귓가에 얼굴을 붙인다.

"아까도 말했지만, 그 새끼를 죽이는 게 지금 남아있는 마지막 방법이야."

이제 소름을 넘어 공포스러운 분위기. 이진수 검사는 도대체 뭘 하는 사람인가 하는 생각이 들 정도다.

"그래. 이제 꺼져."

나는 김태웅에게 말한다. 김태웅은 아쉬운지 내 손목을 잡아끌지만, 나는 그 손을 내치고 건물 밖으로 나간다. 언제나 밖에는 비가 내리고 있다. 하지만 빗줄기는 가늘어졌고 잔잔한 안개와 함께 하늘에는 희미한 여명이 올라온다. 이진수 검사는 저기 우산 아래에서 한 손으로 핸드폰을 만지고 있다.

"병신."

김태웅도 건물에서 나와 욕을 뱉으며 내 옆을 지나간다. 일부러 내게 들리도록 말한 것이다. 이제는 화도 나지 않는다. 그냥 공허한 숨만 내쉴 뿐이다. 김태웅은 이진수 검사 옆에 붙어 전자 담배를 피운다. 뒤에서 칼을 겨누고 있지만, 잘도 붙어있다. 나는 이진수 검사에게 눈을 떼지 못한다. 무서운 사람이다. 검사가 어떻게 대한민국을 먹을 수 있을까 하는 생각이 들었었다. 하지만 지금 상황을 보면 그의 말이 그저 허무맹랑한 소리는 아닐 거라는 생각도 든다.

'그래, 그냥 외국으로 떠나자. 그게 이진수에게 벗어날 수 있는 마지막 기회다.'

"먼저 갈게요."

나는 이진수 검사와 김태웅의 옆을 지나 먼저 떠난다. 골목을 걸어 큰 길가로 나온다. 아직 길가에 사람은 없고 도로에 차가 한두 대씩 지나간다. 저기 나무 옆에 있는 벤치가 보인다. 몸이 자동으로 벤치에 이끌린다. 벤치는 비에 젖어 있지만, 이제는 말도 안 하겠다. 그 위에 앉아 가방은 무릎 위에 두고 꼭 껴안는다.

'김필정과 이진수가 아는 사이다. 그리고 같이 일을 했었다. 김성국 코트에 녹음기…. 그럼 박하윤하고 김태수는 뭐야? 아니, 그럼 이진수 검사가 내가 김성국을 죽이는 걸 알고 있었다고? 그럼 아직도 김필정과 일하고 있는 거야? 이진수는 나를 이미 알고 있던 거네? 그럼 그때 전화는? 처음부터 김필정이 나와 이진수 검사가 만난 것을 알고 있던 거잖아? 나를 감시하고 있던 게 아닌가?'

뭔가 더 깊은 생각을 하려고 몸에 긴장을 푸니 졸음이 내 눈을 강제로 끌어 내린다. 지금 눈앞에 있는 가방이 집에 있는 포근한 매트리스처럼 보인다. 가방 위에 얼굴을 묻는다. 그리고 순식간에 잠이 들어버렸다.

웅성거리는 소리에 잠에서 깬다. 서서히 들려오는 시끄러운 자동차 소리, 수 없이 들려오는 발소리. 고개를 서서히 들어본다. 비는 조금 내린다. 그러나 화창한 아침. 이 얼마 만에 밝게 빛이 나는 아침을 보는 건가? 따듯하다.

찌뿌둥한 목을 천천히 돌리며 가방 안에서 핸드폰을 꺼내 화면을 켜본다. 하지만 전원이 꺼져있다. 온몸이 시멘트에 굳은 듯 뻣뻣하다. 약간의 피곤함은 가셨다. 그래도 아직 몸이 무겁다. 눈 안이 까끌까끌하고 숨쉬기가 힘들다. 하품이 나온다.

양복 입은 남자와 여자, 도로에 꽉꽉 막혀있는 차들, 해의 위치를 보아하니 한참 사람들이 출근할 시간이다. 코트를 입은 남자,

외국인, 캐리어를 뒤에 끌고 여행을 온 가족과 연인, 그런 사람들 사이로 보이는 건물, 바로 내 앞에 있는 건물. 시야를 넓히고 보니 그 건물은 고급 호텔이다. 나는 벤치에서 일어나 가방을 등 뒤에 메고 가만히 서서 가려운 머리를 긁는다. 웅장한 호텔이 내 앞에 있다.

나는 충분히 저 호텔에서 잘만한 돈이 있다. 충분하다. 지금 가방에 현금으로 6억이 있는데 뭘 못하겠는가? 하지만 저곳은 내가 잘 곳이 아니다. 나는 호텔을 지나 걷는다. 그리고 걸음을 멈춘 횡단보도. 내 주변에 수십이 되는 사람들이 있지만, 모두 나와 거리를 둔다. 신호등에 초록색 불이 들어오고 사람들은 나를 피하듯 서둘러 길을 건넌다. 나는 전부 신경 쓰지 않는다. 터벅터벅 비와 고난에 젖은 무거운 발걸음을 옮긴다. 편의점을 지나 별카페를 지나 햄버거 가게를 지나고 저 골목 끝에 보이는 싸구려 모텔. 저기다. 내가 잘 곳이 저기다.

싸구려 모텔에 들어간다. 작은 반원 모양의 구멍이 뚫린 모텔 데스크 앞, 피곤한 걸음을 멈추어 세운다.

"방 하나 주세요."

나는 하품과 함께 말을 뱉는다.

"돈은요?"

뚱뚱한 종업원이 나에게 말한다. 묵을 일수를 물어보는 것도 숙

비를 말하는 것도 아닌 '돈은요?' 이 짧은 질문에 이가 바득 갈리지만, 우선 빨리 자자. 진짜 죽을 것 같다.

"얼만데요?"

나는 그냥 대놓고 짜증을 내며 말한다. 눈을 반만 뜬 종업원이 나를 위아래로 흘겨본다.

"5만 원이요."

"하, 시발."

나는 피식 웃으며 큰 소리로 욕을 뱉는다. 5만 원이라, 지금 내 가방에 얼마가 들었는지 알면 종업원은 까무러치게 놀랄 것이다. 나는 바로 가방을 한쪽 어깨에 걸쳐 맨다. 지퍼를 열고 물에 젖어 축 늘어진 5만 원권 지폐 3장을 집어 꺼낸다.

"남은 돈 가지시고 방 하나 주세요."

나는 말과 함께 15만 원을 작은 반원 모양 구멍에 던진다. 뚱땡이 새끼의 기분이 나빠 보인다. 하지만 눈앞에 떨어진 돈을 보고 최대한 표정을 숨긴다.

'맞지, 이 금색 종이가 모두를 친절하게 만들고 나를 나락으로 떨어트린 쓰레기니까.'

"203호세요."

뚱뚱한 직원은 인정하기 싫다는 언짢은 말투로 나에게 방 카드를 건넨다. 나는 피식 웃으며 그 카드를 뺏어 집는다. 그래, 돈이라는 힘의 맛이 이거다. 오랜만에 내 아래를 봤다. 진짜 별것 아니지만, 기분이 이리도 좋을 수 있을까? 정신을 놓은 웃음이 계속 나온다.

모텔 엘리베이터에 타서 2층으로 올라간다. 그리고 203호 앞에 키를 가져다 대고 문을 연다. 자동으로 방안에 불이 켜진다. 신발을 벗고 환한 방 안으로 들어간다. 먼저 가방을 바닥에 던진다. 윗옷과 바지, 속옷을 같이 벗고 하수구 냄새가 나는 양말도 벗어 옷더미 위에 올린다. 그리고 곧바로 욕실로 향한다.

바닥에 끈적하게 달라붙는 발바닥. 반투명 유리문을 열고 욕실에 들어간다. 붉은색 타일의 욕실 바닥, 옆에 보이는 변기와 욕조, 바로 앞에 보이는 거울, 알 수 없는 검은색 물이 몸에서 흐른다. 마치 거머리가 잔뜩 달라붙어 있는 것처럼 보인다. 이제야 내 몸에서 나는 냄새가 느껴진다. 역겹고 치사한 냄새, 오물과 살인의 냄새, 배신과 공포의 냄새.

"하…."

크게 한숨을 내쉰다. 그리고 욕조에 물을 튼다. 이제 막 물이 남기기 시작했지만, 바로 욕조에 몸을 넣는다. 차가운 물이 나오다 화상을 입을 정도의 뜨거운 물이 나온다. 그러나 곧 따뜻한 물이 나온다. 차가운 욕조에 등을 붙인다. 몸에서 닭살이 올라온다. 하지만 편하다. 며칠 만에 누워 보는가? 당장 잠들고 싶다. 나는 눈을 감고 고개를 뒤로 꺾는다. 김필정과 이진수 검사, 김태웅과 내가 죽였던 사람들, 그리고 며칠 있으면 죽을 서정수라는 사람까지. 지금은 잠시 머릿속에서 모두 치운다. 아무것도 생각하고 싶지 않다. 너무 힘들다.

따듯한 물이 배꼽까지 차오른다. 이제 참을 수 없는 졸음이 나를 유혹한다. 정신이 흐물거린다. 쏟아지는 물소리가 점점 아득해진다. 세상이 멀어지고 몸에… 힘.

'아니!'

눈을 번쩍 뜨며 잠이 들기 직전에 깬다. 잠은 침대에서 자자. 지금은 너무나 매트리스가 그립다. 잠시 눈만 감았다고 생각했지만, 물이 욕조를 넘어 작은 폭포를 만들고 있다. 꽤 오랜 시간 잠들었던 것이다. 욕조에 차오른 물에 손을 담가 세수만 하고 바로 일어난다. 그리고 벽에 걸려 있는 커다란 수건으로 대충 몸을 닦고 욕실에서 나온다. 원룸처럼 하나 있는 작은 창문을 커튼으로 덮는다. 그리고 커다란 침대에 몸을 던진다. 몸이 침대에 빨려 들어간다. 옆에 있는 리모컨을 들어 방의 모든 불을 끄니 동굴 속처럼 어둡다. 들고 있는 리모컨은 저 어딘가에 던지고 온몸에 힘을 푼다. 그렇게 기절하듯 잠에 빠졌다.

10. 어둠

포근하게 눈이 떠진다. 이 얼마 만에 좋은 눈떠짐인가? 너무 기뻐 눈물이 흐를 지경이다. 정신이 개운하다. 몸이 무겁지도 않고 눈도 뻑뻑하지 않다. 배고프지 않고 오랜만에 제대로 된 정신이 잡힌다. 이유 모를 짜증과 분노, 우울과 허탈함이 전부 사라졌다. 근데 너무 어두워서 시간을 알 수가 없다.

캄캄한 어둠 속에서 몸을 일으킨다. 햇빛이 조금 새어 나오는 곳으로 천천히 걸어가 커튼을 걷어낸다. 갑자기 들어오는 밝은 빛에 눈살이 찌푸려지지만, 밤이 아니라는 것이 확인되었다. 방에 들어온 빛을 따라 리모컨을 찾고 불을 켠다. 번쩍한 빛이 눈에 들어오고 모든 게 환하게 보인다. 널브러져 있는 옷과 구석에 엎어져 있는 가방. 나는 가방 앞에 쪼그려 앉고 지퍼를 연다. 가방 안에서 습한 공기가 뿜어져 나온다. 그리고 황금색 종이 위에 있는 핸드폰. 액정 위에 물방울이 있다. 하지만 핸드폰이 망가질 정도는 아닌 것 같다. 핸드폰을 집어 침대 옆에 있는 충전기에 꽂는다. 그리고 전원을 켠다.

"하…."

핸드폰이 켜지기 전 짧은 한숨을 내쉰다. 그리고 핸드폰이 켜졌다. 시간은 오후 3시 2분. 이진수 검사에게 온 연락은 없다. 부재중 전화가 하나 있는데 엄마의 전화이다.

'왜 엄마가 전화했을까? 나를 찾지 못한 김필정이 부모님에게 간 건가?'

그건 아닌 것 같다. 생각해 보니 작년에 마지막으로 부모님을 만났다. 마지막 전화는 언제인지 기억도 나지 않는다. 그래도 불길한 생각이 머릿속에서 완전히 떠나지 않는다. 핸드폰 화면에 어설프게 묻은 물방울을 대충 닦아내고 엄마에게 전화를 건다. 바로 전화를 받지 않는 엄마, 길어지는 통화음, 더욱 불안해지는 나의 마음.

"어~ 아들."

항상 들어왔던 엄마의 목소리, 다행히 엄마는 멀쩡해 보인다.

"어, 왜?"

걱정되는 마음이 가득하다. 그러나 오히려 나오는 것은 딱딱한 말뿐이다. 항상 그래왔고 지금도 그렇다.

"아니, 그냥~ 요즘 뭐하고 지내나 해서 전화했지. 잘 지내지?"

원래 같았으면 대충 받아칠 말이지만, 상황이 상황인지라 방금 말에 순간 울컥한다. 아무 이유 없이 천장을 본다.

"그치, 그냥 별일 없어. 엄마는?"

목소리가 떨린다. 사실 별일 없지 않다. 지금까지 내 이야기를 보았다면 어찌 별일 없다고 말할 수 있을까? 모르는 사람에게 맞아서 병원에 갔다. 코뼈가 삐뚤어졌다. 사람을 죽이고 다니며 누군가에게 목숨이 걸려 쫓기고 있다. 씻지도 먹지 못하고 화장실에서 잠을 잤다. 이제 참을 수 없는 눈물이 고인다.

"아빠는?"

"일 갔지, 곧 끝날 거야."

그 이후 주고받는 말들. 가슴속에 하고 싶고 물어보고 싶은 말들이 잔뜩 쌓여있지만, 입 밖으로 나오지 않는다. 아무리 끌어 올려도 내뱉을 수 없다. 이 전화가 끝나면 나는 사람을 죽이러 가야 한다. 이미 많은 사람을 죽였다. 굳이 말하자면 아들이 연쇄 살인범이다. 그리고 한국을 떠나야 한다. 어디인지도 모르는 외국에서 평생 홀로 살아야 한다. 하지만 이 모든 것을 말하지 못한다. 코를 한번 크게 먹으며 미끄러져 내려오는 슬픔을 삼킨다.

"어, 알았어."

나는 그냥 전화를 끝내버린다. 항상 그래왔던 딱딱하고 서먹한 전화, 오늘따라 미안한 감정이 올라온다. 핸드폰을 옆에 내려놓고 손으로 얼굴을 세수하듯 비비며 한숨을 내쉰다. 설명할 수 없는 답답한 감정이 나를 집어삼킨다. 그래, 그냥 처음부터 사람을 죽였으면 안 되었다. 그때 드럼통에 들어가 죽었어야 했다. 나는 병신같은 살인범이다. 제발 이 모든 게 꿈이었으면 좋겠다. 갑자기 식은 땀을 흘리며 매트리스에서 일어났으면 좋겠다. 손등을 꼬집어 본다. 역시나 아프다.

'시발…. 그냥 자수할까?'

나는 고개를 젓는다. 평생을 감옥에서 썩을 바에는 외국이 편할 것이다. 그리고 자수한다고 해도 편안히 감옥에 갈까? 이진수 검사는 내가 자수하는 것까지 모두 계획을 세워놨을 거다.

'아니면 그냥 죽을까?'

아니, 나는 자살하지 못한다. 했을 거면 진작에 죽었을 거다. 나는 살아있다. 그렇다면 해야 할 일은 해야 한다. 눈물을 머금고 몸을 일으킨다. 그리고 아직 마르지도 않은 축축한 속옷을 입는다. 그리고 바지를 입고 윗옷도 입는다. 바닥에 주저앉아 발에 잘 들어가지도 않는 양말을 욱여넣는다. 역겨운 냄새가 옷에서 올라오지만, 입을 옷이 이거뿐이다. 핸드폰은 챙기지 않는다. 어차피 밤에 다시 돌아올 거니까 괜찮다.

밖으로 나왔다. 화창한 날씨라고 하기에는 조금 그렇다. 비는 내린다. 이제는 약한 여우비에 가깝다. 이제 딱 한 명만 더 죽이면 모든 게 끝난다. 아니, 끝나기를 바란다. 항상 그랬듯이 실수는 없다. 나는 완벽하니까.

서정수를 찾는 데는 몇 시간 걸리지 않았다. 그의 집 주소를 알고 있으니 당연하다. 그는 가족과 같이 살고 있다. 그럼 밖에서 죽여야 한다. 그가 죽고 남겨질 가족들이 마음에 걸리지 않는다. 이제는 딱히 어떠한 감정도 느껴지지 않는다. 주변 길과 CCTV를 파악하고 출입로를 설정한다. 살해할 장소와 그를 유인할 방법을 정한다. 탈출로와 함께 시체와 증거 인멸 방법까지 모두 정했다. 정확히 10일이라는 시간이 걸렸다. 다음날 목요일, 서정수를 죽였다. 아무도 그를 찾지 못한다. 그가 죽었는지도 모른다. 이제 살인이 범죄처럼 느껴지지 않는다. 그냥 하던 일처럼 빠르게 끝낼 뿐이다.

-처리-

이진수 검사에게 문자 한 통을 보내고 의자에 몸을 기댄다. 이곳은 오래된 피시방, 성인이 되고는 피시방에 처음 와본다. 가장 구석 자리에 앉아 있고 내 발아래에 돈 가방이 누워있다. 옷은 시장에서 대충 검은색 옷으로 사 입었다. 모자도 쓰고 있는데 그냥 길바닥에서 주운 검은색 모자다.

모니터에 오래된 예능 영상을 틀어놓고 딴생각에 빠져본다. 이진수 검사의 말 조각을 퍼즐처럼 맞추어 본다.

그가 말한 박하윤과 김태수는 거짓이다. 그건 확실하다. 그렇다면 김태수를 죽이고 김필정을 만난 것까지는 이진수 검사가 개입하지 않았다는 말이다. 김성국, 이진수 검사가 코트에 녹음기를 넣어놨다는 말은 진실. 그럼 그 전부터 이진수 검사는 나를 알았고 일부러 그가 나의 존재를 세상에 알렸다는 뜻, 최필! 그가 정치권에 개입되었다는 뉴스를 본 게 기억이 난다. 아니, 그럼 이영지는 뭐야? 우선 여기까지 정리해 보자면 이진수 검사와 김필정은 같은 편이다. 그렇다면 이진수 검사가 박하윤을 알고 있는 것을 포함한 모든 게 납득이 간다.

나는 눈썹을 긁는다. 아직 필요한 조각들이 많이 빠져있어 완벽한 답이 나오지 않는다. 확실한 건 이진수 검사와 김필정은 같은 편이다. 이유는 모르지만, 이진수 검사는 내 존재를 세상에 알렸다. 그 이후 나를 찾아왔다.

다시 머리를 박박 긁는다. 뭔가 조각들이 이어질 듯하다가도 막상 맞추어 보면 맞지 않는다. 고개를 들어 답답한 한숨을 내쉴 때 책상 위에서 밝은 빛이 나온다. 이진수 검사에게 전화가 걸려 왔다.

"여보세요?"

"예, 문자 확인했습니다. 정확히 내일 오전 10시에 김필정 자택으로 부탁드립니다."

그리고 전화가 끊긴다. 갑자기 끊기는 전화에 짜증이 나지만, 이제 적응이 된다. 나는 그가 하라는 대로 하면 된다. 감히 내가 이길 수 있는 사람이 아니다. 전화가 끊기고 핸드폰 화면에 시간이 보인다. 오후 8시. 이제 마지막까지 하루도 남지 않았다. 핸드폰을 내려놓고 다시 몸을 의자에 기댄다. 복잡한 퍼즐은 잠시 치워두고 또다른 생각에 빠져본다.

"그냥 이진수 검사랑 같이 일할까?"

양복을 입고 있는 나의 모습이 허공에 보인다. 고급스러운 의자에서 다리를 꼬고 반짝이는 배지를 달고 있는 모습, 권력, 모두 내 앞에서 허리를 굽신거린다. 나는 대한민국 최고봉에 있다. 대한민국을 새롭게 만들…

"아니, 아니."

고개를 흔들어 집중을 깬다. 말도 안 되는 소리다. 뭔 공장 다니던 놈이 국회의원을 하고 대한민국을 새롭게 바꾸겠는가? 그냥 외국에서 조용히 살자. 하지만 곧바로 다른 생각에 빠진다.

"김태웅과 같이 일한다면?"

황금색 종이가 하늘에서 떨어진다. 등 뒤에 높은 빌딩과 앞에는 잔뜩 화난 스포츠카 여러 대, 돈이 넘치고 넘친다. 입이 귀에 걸린다. 옆에는 유명 여배우? 유명 걸그룹 멤버? 재벌 2세? 어쨌든 내 품에 안겨 달짝지근한 입맞춤…

"아니!"

다 아니다. 사람을 죽이고 그런 화려한 미래는 없다. 지금까지 겪었던 지옥의 굴레가 반복될 것이다. 뻔히 보인다. 모든 마음을 접고 그냥 벗어나자. 이게 맞다.

몇 시간을 피시방에서 보내고 자리를 옮긴다. 음침한 곳에 몸을 숨기다가 모텔에 들어가 잔다. 그리고 오전 7시에 일어난다. 최근에 새로 산 옷이지만, 빨지 않고 며칠 동안 계속 입으니 썩은 냄새가 난다. 돈 가방을 메고 핸드폰을 챙긴다. 모자를 푹 눌러쓰고 방을 나온다.

택시를 타고 김필정의 집으로 향한다. 오늘이 마지막 날이다. 그러니 마음대로 택시를 타고 다녀도 된다. 종이에 적힌 대로라면 김필정은 항상 7시에 출근한다. 지금 시간은 9시 21분, 집에는 이미 아무도 없고도 남을 시간이다. 그는 이혼했고 홀로 집에 산다. 애완견도 없으니 집은 완전히 비어있다.

대저택이라고 불러도 무방한 김필정의 집, 나는 그의 집 안으로 들어가 거실 한가운데 가만히 서 있다. 넓다. 하지만 그뿐이다. 딱히 기업 총수의 집이라는 생각이 들지 않는다. 넓은 거실에 1인 의자와 작은 벽걸이 TV, 부엌에 달랑 하나 있는 냉장고, 식탁 위 치우지도 않은 접시와 밥그릇 그리고 젓가락. 가진 것에 비하면 소박한 삶을 살고 있다.

나는 돈 가방을 연다. 서정수의 피가 묻은 옷을 꺼내 거실 의자에 올려 둔다. 고개를 돌리니 바로 보이는 방 하나, 방문을 열고 들어간다. 이곳에는 수많은 책들이 있다. 경제 서적, 부동산 서적, 심리학, 중국어, 일본어, 영어 등등 만화책을 제외한 모든 책들이 전부 있는 것 같다. 그리고 오래된 책상 하나. 여러 문서들이 책상 위에 잘 정리되어 있지만, 회사 관련 서류 같으니 신경 쓰지 않는다. 이곳에 서정수의 머리카락을 뿌린다. 그리고 핸드폰을 꺼낸다.

-끝-

아직 문자는 보내지 않았다. 아래 전송 버튼을 누르기만 하면 보내진다. 이 작은 글자 하나가 많은 것을 품고 있다. 나는 이제 모든 것을 놓고 홀연히 떠나야 한다. 대천 그룹의 회장은 살인죄로 감옥에 간다. 정치권은 시끄러워질 것이며 나에게 죽은 사람들은 잊힐 것이다. 그들의 가족은 찾을 수도 없는 사람을 찾고 누군가는 웃으며 화창한 앞날을 맞이한다. 근데 여기까지 와서 무슨 남을 신경 쓰겠는가? 나는 문자를 보낸다. 그리고 김필정의 집을 나온다. 이진수 검사는 답장이 없고 나는 급한 걸음을 걷는다. 떠나기 전에 부족한 퍼즐의 조각을 맞춰야 한다.

11. 매듭

내 눈앞에 보이는 멋들어진 빌딩 하나, 대천이라는 이름에 걸맞게 하늘을 뚫을 기세로 서울 땅에 우두커니 서 있다. 수많은 양복쟁이들이 카드가 달린 목걸이를 걸고 건물 안으로 들어간다. 나는 대천의 직원은 아니지만, 당당히 그 빌딩 안으로 들어간다. 깔끔한 건물 1층 로비, 사람들이 이리저리 돌아다니고 나는 그 가운데에 서 있다. 팔짱을 끼고 천천히 주변을 살핀다. 모든 게 끝나니 불안하거나 급한 마음은 없다. 솔직히 약간 남아있기는 하나 지금은 무시한다.

"회장님이 부르십니다. 같이 가시죠."

검은 양복의 덩치들이 내 어깨를 두드리며 말한다. 나는 그 말을 듣고 핸드폰 화면에 떠 있는 시간을 본다. 들어온 지 7분이 지났다. 생각보다 빨리 김필정이 나를 불렀다. 핸드폰은 주머니에 넣고 순순히 그 덩치들을 따라간다.

엘리베이터를 타고 가장 위층의 바로 아래층으로 향한다. 내 양옆에 덩치들이 앞짐을 지고 분위기를 잡는다. 옛날 같았으면 잔뜩 긴장하며 온몸을 부들부들 떨고 있었겠지만, 지금은 우스울 뿐이다. 지금 기분은 뭐랄까…. 갑자기 아무 감정도 느껴지지 않는다. 아니면 허무하다? 그래. 너무 허무하다. 이런 감정이 드는 이유가 뭘까? 빠르게 올라가는 엘리베이터 안, 짧은 시간 동안 심심풀이 생각에 빠져본다.

하늘에 도착한 엘리베이터의 문이 열린다. 고풍스러운 복도, 오직 김필정의 사무실을 위한 깔끔한 데스크, 그 안에 까칠해 보이는 여비서가 앉아 있다. 처음 이곳에 오지만, 대충 길을 알겠다. 하나만 있는 복도, 이곳이 내가 갈 길이다. 나는 발을 뻗어 복도를 걷는다. 나를 막아서는 비서의 말이나 뒤에 바짝 따라오는 덩치들은 신경 쓰지 않는다. 호랑이를 마주해본 사람으로서 뒤에 있는 똥개는 무섭지 않다. 어느새 도착한 거대한 나무문, 노크 따위는 필요 없다. 바로 문을 박차고 안으로 들어간다.

"얼굴은 오랜만에 보네요. 회장님"

나무 책상 앞에 앉아 있는 김필정은 나에게 작은 눈빛도 주지 않는다. 깔끔하게 올려 빗은 머리와 양복, 그리고 손에 만년필을 들고 서류에 사인을 하고 있다. 그가 안경을 쓴 모습은 또 처음 본다. 나는 걸음을 멈추고 그와 어느 정도 거리를 둔다. 막상 실제로 그를 마주하니 겁이 나긴 한다.

"여기는 왜 왔니?"

김필정은 보고 있던 종이를 한 장 넘기며 계속 사인을 진행한다. 말투가 상당히 차분하다. 일부러 가라앉힌 것이다. 그의 등 뒤, 통유리로 광활한 하늘과 서울 전체가 아래로 보인다. 그래, 이제 완전히 인정한다. 나는 사람도 아니고 하늘도 아니다. 그냥 요술을 부릴 줄 아는 작고 미련한 돌멩이일 뿐, 하늘의 싸움에는 하늘만이 상대가 가능한 법, 나는 그저 운이 좋게 도움을 주었을 뿐이다. 김필정도 이진수 검사도 내가 감히 눈을 마주 볼 수 있는 사람이 아니었다. 완전히 받아들이지만, 기분은 좋지 않다.

"회장님도 저를 그냥 도구로 생각했던 겁니까?"

딱히 의미 없는 질문이다. 어차피 그도 나를 사람 죽이는 도구처럼 생각했을 게 뻔하다. 내 질문에 김필정은 손에 들고 있던 만년필을 내려놓는다. 그리고 점잖은 표정으로 나를 내려본다. 어찌 사람이 저렇게 변할 수 있냐는 말이다. 지금 내가 보는 김필정이라는 사람은 흔히 TV에서 볼 수 있는 기업의 총수, 재벌과 딱 맞은 이미지다.

"뭔 소리이지?"

뭔가 짜증을 내면서 예의를 지키는 듯한 말투 그리고 내 뒤에 시선을 둔다. 내 뒤에는 아까부터 따라온 덩치 두 명이 서 있다. 김필정이 그들에게 손짓하자 그 둘은 허리를 숙여 인사하고 문을 닫으며 나간다.

"나를 그냥 사람 죽이는 도구로 생각하냐는 질문입니다."

나는 그 덩치들이 완전히 방에서 나가고 걸음을 한 발자국 벌린다. 김필정과 더 가까워졌다.

"종혁아, 나는 내 둘째 아들 죽인 새끼를 너그럽게 봐준 사람이다. 능력도 없는 내 아들을 처참히 버린 사람이다. 바람나서 떠나간 아내도 내 능력을 탓하며 그냥 보내준 사람이다. 근데 피 같은 돈까지 주고 내 목까지 걸어가며 너를 곁에 뒀다는 의미가 뭘까?"

김필정은 나와 완전히 눈을 마주치며 말한다. 그가 방금 한 모든 말이 진실이다. 하지만 이제와서 김필정의 편에 서겠다? 이미 끝이 났는데 뭐가 뒤바뀌겠는가. 그리고 애초에 그럴 생각도 없다.

"우리가 서로 악수할 때부터 나는 너를 사람 이상으로 대했다. 김성국 뉴스가 나오고 여대생 실종 뉴스가 나올 때도 뒤에서 다 묻으려고 노력했다는 말이다. 네가 어디서 무슨 말을 들었는지는 몰라도 지금 여기서 이렇게 말하면 나는 섭하지."

"그래요. 죄송하네요. 그럼 돌아가기 전에 이진수랑 회장님이랑 뭔 관련이 있는지 궁금하네요. 우리끼리는 비밀이 없었으면 해서. 이미 다 들었거든요."

당연한 이야기지만, 죄송하지 않다. 그리고 다 들은 것도 없다.

"이진수? 검사? 요즘 그놈이랑 붙어 다니는구나? 그래, 말해줄게. 다 들었다니까 말해줄 건 말해줘야지."

그는 자세를 고쳐 앉고 팔짱을 끼며 말을 이어간다.

"나랑 이진수는 인연이 깊다. 나도 정치권 사람들이랑 어울렸던 게 컸지. 요 근래 이진수랑 연락이 뜸하다가 너를 만나고 내가 먼저 연락했다. 최필과 김성국, 이영지 모두 이진수 죽이자고 했어. 더 듣고 싶은 부분이 있나?"

나는 그 말을 듣고 고개를 끄덕인다. 배신감과 복잡 미묘한 감정이 올라온다. 납득이 되지 않았던 퍼즐이 맞추어지기 시작한다. 더 이상 들어봤자 대부분 예상한 내용일 게 뻔하다. 모든 게 이진수 검사의 손아귀에서 놀고 있다. 대충 생각은 했으나 확실하게 들으니 허탈한 웃음이 난다. 그럼 이진수 검사는 처음부터 모든 걸 알고 나를 찾아왔던 것이었다.

"예, 뭐, 그 정도면 됐습니다. 이제 가보겠습니다. 갑자기 찾아봬서 죄송합니다."

나는 고개 숙여 인사를 드린다. 그리고 몸을 뒤로 돌린다. 그렇게 조용히 떠나려는 찰나 문밖에서 띵 소리가 들린다. 엘리베이터가 도착한 소리다. 밖이 웅성거린다. 걸걸한 덩치들의 말소리, 따르릉거리는 전화 소리가 김필정의 자리에서 울려 퍼진다. 나는 잠시 멈추었던 움직임을 다시 움직인다. 숨을 침착하게 내쉬며 닫혀 있는 문 쪽으로 걸어간다.

쿵!

방금 무언가 문에 강하게 부딪쳤다. 남성들에 사나운 말소리, 욕설과 함께 목소리가 울린다. 김필정이 서서히 일어나 무슨 말을 나에게 한다. 하지만 내 귀에는 들리지 않는다. 이제 죽을 사람은 무섭지 않다. 김필정의 거친 말이 귀여운 고양이의 울음소리처럼 들린다.

닫혀 있던 나무문을 여니 열심히 경찰들을 막아서고 있는 덩치들이 보인다. 그 둘이 나에게 한눈을 판 사이 떼거리로 몰린 경찰들이 그 둘을 밀치고 안으로 넘어온다. 다들 내 어깨를 치고 지나가며 김필정에게 달려간다. 모두가 지나가고 나는 다시 걸음을 옮겨 엘리베이터 앞에 선다. 여비서가 전화기를 뺨에 붙이고 어쩔 줄 몰라 하고 있다. 그리고 나와 마주치는 눈빛.

"뭘 봐?"

나는 그녀에게 비웃음을 선물해준다. 일부러 싸가지 없게 말한 이유는 없다. 그냥 떠나기 전에 한번 해보고 싶었다. 엘리베이터는 어느새 1층으로 내려가 있다. 내가 손을 뻗어 버튼을 누르려고 하니 화살표와 함께 엘리베이터가 알아서 올라와 준다.

"하~"

나는 개운한 한숨을 내쉰다. 등 뒤에서 들려오는 왁자지껄한 소리에 고개를 끄덕이며 리듬을 탄다. 아까부터 기분은 좋지 않다. 다시 우울함이 찾아왔다.

'너무 쉽고 허무하게 끝나서인가?'

"아니."

'이게 끝이 아닐 거라는 생각 때문에?'

그건 어느 정도 영향이 있는 것 같다. 어쨌든 모르겠다. 일부러 입꼬리를 올리고 더욱 과장되게 리듬을 탄다. 엘리베이터는 멈추지 않고 올라온다. 뒤에서 끙끙대는 비서의 전화는 끊어질 생각을 하지 않는다. 재즈, 재즈가 듣고 싶다. 다시 낡은 바에 가서 재즈를 듣고 싶다.

띵

엘리베이터가 도착했다. 그리고 서서히 문이 열린다. 연한 파란색 복장에 노란색 독수리들이 꽉 차 있다. 문이 완전히 열린다. 나는 정중히 그들에게 길을 비켜주고 비어있는 엘리베이터에 탄다.

"수고하셨습니다."

문이 닫히기 직전 보이지 않는 김필정에게 허리를 숙여 마지막 인사를 건넨다. 그리고 1층 버튼을 눌러 아래로 내려간다. 이제 집에 가자. 얼마 만에 집으로 향하는 건가?

1층에 도착하고 문이 열린다. 이곳도 역시나 시끌벅적하다. 경찰이 이리저리 뛰어다닌다. 누구는 쫓겨 다니고 누구는 그냥 지나쳐 간다. 나는 모든 걸 무시하고 건물 밖으로 나간다. 그리고 운이 좋게 지나가는 빈 택시를 세워 집으로 향한다.

진짜 오랜만에 도착한 원룸, 문을 열고 들어가니 현관 앞에 묶여있는 검은색 비닐봉투가 보인다. 그리고 작은 종이쪽지와 긴 종이 하나가 옆에 있다. 저 비닐봉투, 너무나 낯이 익다. 신발을 벗고 멍하니 봉투를 본다. 몸이 서늘하게 식는다. 긴 종이는 비행기 표, 바로 눈에서 제거한다. 그리고 작은 쪽지 들어 읽어본다.

> 종혁 씨, 이거 놓고 가셨어요.

마지막으로 눈에 들어오는 검은색 비닐봉투, 쪽지는 바닥에 버리고 봉투를 집어 든다. 안에 무언가 들었다. 그리고 봉투 안에는 내가 숨겨두었던 폴더폰이 있다. 한 1분 정도를 그 폴더폰만 보고 있었다.

'이진수⋯. 그 새끼는 어디까지 알고 있는 거야.'

서늘한 공포를 봉투 안에 담아 폴더폰과 함께 바닥에 버린다. 이제 떠날 거니 괜찮다. 그래, 괜찮길 바란다. 다시 걸음을 옮겨 그리웠던 매트리스에 앉아 주변을 둘러본다. 술과 금 그리고 저 구석에 시계들과 각종 귀금속, 현금과 명품 옷. 모든 것을 확인하고 등 뒤에 매달린 가방을 바닥에 내려놓는다. 그리고 바로 밖으로 나간다.

다시 집으로 돌아왔다. 전봇대 옆에 버려진 상자를 몇 개 주워 왔다. 주워온 상자를 바닥에 내려놓고 한 상자에는 모든 금과 현금을 담는다. 그리고 잘 닫아 상자가 열리지 않게 고정시킨다. 다른 상자에는 술과 옷, 다른 상자에는 시계와 귀금속 그리고 남아있는 옷을 모두 담는다. 금과 현금을 담은 상자는 퀵 서비스를 불러 100만 원을 주고 부모님 집에 보냈다. 그리고 다시 돈 가방을 메고 남아있는 두 상자를 품에 안아 집을 떠난다.

술과 시계는 낡은 단골 바에 두고 오려고 했다. 그래서 바가 있던 건물에 도착했지만, 간판이 사라져 있다. 임대라고 적힌 딱지가 낡은 바의 유리문에 붙어있다. 아무리 손님이 없다고 해도 나 하나 오지 않았다고 망하는 게 말이 되나 싶지만, 괜찮다. 아니, 솔직히 뭔가 쓸쓸하고 그렇다. 몇 년을 이 바에서 술을 마셨다. 하지만 늙은 바텐더와 많은 대화는 하지 않았다. 아쉬움은 버리고 다시 건물 밖으로 나오니 폐지 줍는 할아버지가 지나간다.

"할아버지. 이거 받아요?"

"뭔데"

할아버지는 리어카를 멈추고 나에게 말한다.

"그냥 상자죠."

"어~ 그거 뒤에 둬."

나는 폐지가 쌓여있는 리어카 위에 두 개의 박스를 잘 놓는다. 이 할아버지는 내가 올린 상자 안에 뭐가 들었는지 상상조차 못 할 거다. 그냥 폐지로 생각하는 것 같다. 시계와 각종 귀금속, 비싼 술과 명품 옷. 모든 걸 버린다. 아깝다는 생각은 전혀 들지 않는다. 지금 내 눈에는 전부 쓰레기로 보인다.

"수고하세요."

막상 떠나려고 하니 많은 생각이 들지만, 그냥 걸음을 뗀다. 섭섭한 감정이 든다. 아쉽고 쓸쓸하다. 솔직하게 떠나기 싫다. 여행도 아니고 어디인지도 모르는 곳에 평생을 살아야 하는 데 누가 좋아하겠는가. 또 생각이 꼬리를 물고 늘어진다. 그런 생각에 빠져 걸음을 계속 옮기니 큰길가로 나왔고 저 옆에 택시 타는 곳이 보인다.

"아저씨, 인천공항이요."

나는 택시를 타며 말한다.

"에이, 안 가요."

택시 기사는 백미러로 나를 보며 고개를 젓는다.

"100만 원 드릴게요. 현금으로."

택시 기사는 내 말에 몸을 뒤로 돌려 나를 바라본다. 입꼬리를 내리고 깜짝 놀란 표정과 함께 나를 이상한 눈빛으로 훑어본다.

"저, 범죄자 아니고요. 나쁜 돈도 아니니까 그냥 갑시다. 의심되시면 지금 돈 드릴 테니까 출발하시죠."

"아니, 괜찮아요."

택시 기사는 뭔가 찝찝한 표정을 지으며 다시 앞을 보지만, 택시는 문제없이 출발한다. 가방은 벗어 내 옆에 잘 두고 나는 시트에 몸을 기댄다. 창밖에는 이슬비가 내린다. 느껴지기는 하나 보이지 않는 비 말이다.

어디서부터 잘못되었을까? 내가 태어났을 때? 완벽한 살인을 꿈꾼 거? 공부를 하지 않은 거? 공장을 다닌 거? 박하윤을 만난 거? 대천 그룹 차남을 죽인 거? 하지만 이제 와서 후회하기에는 늦었다.

"그렇지. 늦었어."

나는 핸드폰을 들어 내가 가지고 있는 모든 돈을 엄마에게 보낸다. 펑펑 썼다고 생각했는데 아직 17억이나 남아있다. 그리고 몇 초 지나지 않아 바로 엄마에게 전화가 온다. 나는 웃음이 터진다. 갑자기 계좌에 17억이라는 돈이 꽂혔는데 놀랄 만도 하다. 걸려오는 전화는 거절하고 '써도 돼'라는 문자 한 통을 보낸다. 그리고 전화는 내려놓는다. 다시 시선을 창밖으로 고정시킨다.

중학교 때 살인에 관심을 가졌다. 고등학교 때 처음 사람을 죽였다. 군대에 가고 서울에서 공장을 다녔다. 낡은 재즈바에서 싸구려 위스키를 즐기며 살았다. 박하윤, 유명 모델을 꿈꾸던 여자와 같이 술을 마셨다. 재벌 3세에게 두들겨 맞아 응급실에 실려 갔다. 또 사람을 죽였다. 김필정을 만나고 국회의원을 죽였다. 이진수 검사를 만났다. 김태웅을 만나고 또 사람을 죽였다. 그리고 오늘까지를 다시 한번 되돌아본다. 다 지나고 나니 별거 아닌데 그때는 왜 그렇게 힘들어했는지 모르겠다. 나쁜 것들은 흐릿하게 미화되고 기억에서 사라졌으며, 지금 남아있는 것은 조금 있었던 행복과 즐거웠던 기억, 가방에 든 돈뿐. 그동안 위로가 되었던 잔고에는 0이라는 숫자가 남아있다. 이제 뭔가 홀가분하다. 택시는 점차 속도를 올린다. 기나긴 운전이 남았지만, 기사님은 피곤한 기색이 없어 보인다. 유리에 부딪쳐 매달려 있는 미세한 빗방울들, 점차 뒤로 미끄러지며 날아간다.

내가 죽였던 사람들에게 미안하다. 지금 나의 감정과 생각은 6살짜리 아이가 장난감을 어질러 놓은 듯 정신없고 복잡하다. 창문에는 뿌옇게 습기가 차오르고 내 눈을 가린다. 그제야 나는 고개를 돌리고 시트에 몸을 완전히 기댄다.

내가 처음 죽였던 사람, 나의 첫 살인, 중학교 담임 선생님. 살인이 처음이었고 나에 대한 믿음이 없던 시절이라 너무나 서툴렀다. 이제 선생님을 죽이기만 하면 되는 시점, 손발이 병이라도 걸린 듯 덜덜 떨리던 게 기억난다. 눈앞이 흐릿하고 살려달라는 선생님의 목소리가 기억난다. 바닥에 깔린 사람의 목을 졸라야 하는 게 너무나 무서웠다. 하지만 도망치기에는 늦었었다. 눈에 피가 터져 붉게 번진다. 입에서는 침과 함께 이상한 거품이 올라오며 컥컥대는 소리가…

"내가 너…. 평생 저주할 거야."

나는 눈을 감고 크게 숨을 들이마신다. 그리고 천천히 내쉰다. 심장이 흥분하며 날뛰기 시작한다.

'음…. 딴생각을 해보자.'

이진수. 그래, 이진수 검사. 김필정에게 얻은 퍼즐을 사용해본다.

김필정이 나와 만나고 이진수 검사에게 연락을 했다면, 그가 나를 안 시점은 김태수를 죽이고 난 후다. 그런데 왜 김필정은 이진수 검사에게 연락을 한 거지? 또 왜 이진수는 배신을 한 거야? 아니, 이진수는 처음부터 김필정을 배신할 생각이었다. 그리고 김필정이 나와 이진수 검사가 만난 것을 알고 있었다. 김필정은 나를 감시하지 않았다. 그렇다는 것은…

'그냥 아까 대천에서 김필정에게 더 들을걸.'

다시 크게 숨을 들이마시고 천천히 내쉰다. 머리가 아프다. 그냥 전부 포기해 버린다. 지금 와서 뭐가 중요하겠는가? 택시는 신호에 막혀 멈춘다. 그리고 나는 눈을 뜬다. 백미러에 대롱대롱 걸려 있는 십자가.

"아저씨. 저 십자가 사고 싶은데, 얼마에 파실래요?"

"파는 건 아니고 빌려는 줄 수 있는데."

백미러에 비치는 기사님의 눈이 나를 보고 있다.

"그럼 잠시 쓰고 돌려 드릴게요."

기사님은 백미러에 걸려있는 십자가를 풀어 나에게 건넨다. 신호는 바뀌고 차는 다시 움직인다. 나는 그 십자가를 받아 오른손에 꽉 쥐고 다시 시트에 몸을 기댄다.

"전부 미안하다. 내 잘못이다. 그러니 제발 나를 용서해줘라. 모두 나를 잊고 살아가기를 바란다. 오늘부터 나는 죄를 씻고 새로운 사람으로 다시 태어났다. 나는 아무것도 하지 않았다. 절대로 죄가 없다. 아무도 나를 그리워하지 마라. 그저 지나가는 사람처럼 나를 잊어다오. 내 마지막 부탁이다."

나는 속삭이며 그에게 말한다.

12. 착수

나는 외국으로 떠났다. 이진수 검사가 준 비행기 표는 원룸에 버리고 왔으니 공항에서 바로 표를 끊어 동남아로 떠났다. 문제없이 도착은 했지만, 가방 안에 있던 돈 때문에 입국심사 도중 공항 경찰에게 걸려 붙잡혔다. 돈을 환전한 후 만 달러를 그들에게 주는 조건으로 풀려났다. 그리고 시골로 들어가 농장에서 일했다. 처음에는 나를 받아주지 않았다. 그러나 돈에게는 그렇지 않았다. 그때 남아있던 돈으로 여기서 집과 차를 사고 평생을 먹으며 결혼까지 할 수 있었다. 물론 결혼은 하지 않았다.

지금 나는 일을 끝내고 반쯤 부서진 플라스틱 의자에 앉아 있다. 피부는 더욱 까매졌고 머리는 항상 짧게 깎고 있다. 이 나라의 말은 어느 정도 입에 붙기 시작했다. 여기 사람들이 영어도 할 수 있었던 게 도움이 컸다. 처음에는 나에게 거부감을 보이던 사람들과 지금은 잘 지낸다. 물론 내가 그들과 거리를 두고 있지만 말이다.

한국에 가고 싶다. 엄마, 아빠도 보고 싶다. 바에 가서 재즈도 들고 싶다. 치킨이나 밥을 먹고 싶다. 한국 생각을 하니 기분이 나빠진다. 그럼 또 옛날 생각이 떠오른다. 다른 생각을 해보자. 그래, 사람들이 궁금해할 점에 대해서 말해 주겠다. 내가 떠난 후 김필정은 살인, 강간, 횡령 등 여러 가지 혐의로 붙잡혀 구치소에 들어갔다. 그리고 구치소에서 갑작스러운 심장발작으로 사망했다. 원래부터 건강이 좋지 않았고 교도관이 약을 잘못 줘서 그렇다는데, 잘 모르겠다. 김태웅은 검은색 양복을 입고 카메라 앞에서 사과를 했다. 빠르게 대천 그룹의 최고 경영자 자리를 인수받고 회장이 되었다. 물론 몇 달 지나지 않아 경영 능력 부족으로 대천을 말아먹을 뻔했으나 지금까지 별 소식이 없는 것 보면 잘하고 있는 듯하다. 그리고 이진수 검사는 모르겠다. 대선은 끝났고 정권이 교체되었다. 이진수 검사가 어느 편인지 정확히 모르나 김성국을 죽인 것을 보면 그는 아마도 전 여당 쪽인 것 같다. 뭐, 들리는 소식도 없으니 좋지 못한 끝을 맞이했을 거라고 생각한다. 내가 아는 건 여기까지다. 의자에서 몸을 일으키고 화장실로 간다.

흙이 잔뜩 묻은 면바지의 지퍼를 내린다. 그리고 소변을 본다. 그때 누군가 화장실에 들어와 내 옆에 선다. 그리고 지퍼를 내리고 소변을 본다. 얼굴은 보지 않았지만, 이 동네 사람이 아니다. 눈만 살짝 돌려 옆을 본다. 왼손에 도끼가 들려있다. 시선을 올려 얼굴을 본다. 까무잡잡하고 더럽다. 머리는 짧고 목에 문신이 보인다.

246 우린 그림자가 생기지 않는다

아마도 한국인? 중국인? 또 누가 화장실에 들어온다. 역시나 이 동네 사람이 아니다. 내 옆에 있는 사람과 비슷하게 생겼다. 손에는 종이가 들려있고 그 종이를 들어 내 얼굴과 번갈아 본다.

"찾았다."

종이를 들고 있는 남성이 나에게 말한다. 억양을 보아하니 조선족 같다. 키는 나보다 작다. 손등에는 화상 흉터.

"누구냐?"

나는 그 남성에게 말한다.

"니는 뭐 하는 놈인데, 꼭 모가지를 짜르라 하니?"

말을 길게 들으니 확실하게 조선족이다. 남성은 말을 끝내고 핸드폰을 꺼내 화면을 누른다. 그리고 나에게 그 핸드폰을 건넨다. 나는 바지 지퍼를 올리며 얼떨결에 핸드폰을 받는다. 핸드폰에는 전화가 가고 있다. 그리고 누군가 전화를 받는다.

"여보세요?"

전화기 너머로 들려오는 목소리, 이진수 검사. 그의 목소리가 들리자 나는 핸드폰을 얼굴에 붙인다.

"…예."

"아~ 종혁 씨, 반갑네요. 시간 좀 많이 드렸는데, 아직도 같이 일할 생각이 없으신가요?"

이진수 검사의 말을 들어보며 내 앞에 서 있는 두 명의 조선족을 살펴본다. 한 놈은 손에 도끼, 한 놈은 맨손이지만, 분명 작은 칼 하나 정도는 챙겼을 거다.

'2명이라 해볼 만한가?'

"같이 일하는 거요?"

나는 생각 없이 되묻는다.

"예~"

이진수 검사의 능청스러운 대답과 함께 화장실에 사람이 더 들어온다. 이제 5명. 싸우는 건 포기하고 전화에 집중한다.

'저 새끼는 뭔 마체테를 들고 있냐?'

"저희가 원하는 장소로 사람을 부른 건데 거기서 죽이고 증거 없애는 데 얼마나 걸릴까요?"

이진수 검사가 말한다.

"한, 1시간 정도?"

"좋아요~ 해외에 사는 사람도 죽이는 거 가능할까요?"

"그건, 해봐야지 알아요. 가능은 할 거에요."

"그럼 마지막으로 같이 일할 건가요? 조건은 저번과 같이, 평생 먹고살 돈과 함께 대한민국 최상위에 앉혀드릴게요."

여기서 거절하면 저 도끼와 마체테가 나의 머리와 목으로 향한다는 건 묻지 않아도 알 수 있다. 이진수 검사가 어떻게 나를 찾았는지 모른다. 하지만 중요한 건 나를 찾았다. 그리고 이런 비슷한 상황을 예전에도 겪었다. 그때 결과는…

"예, 할게요."

"좋네요. 그럼 앞에 있는 사람에게 핸드폰 건네줘요."

나는 순순히 핸드폰을 앞에 있는 조선족에게 건넨다. 그는 핸드폰을 받고 전화를 끊는다. 그리고 주머니에서 봉투 하나를 꺼내 나에게 건넨다.

"한국으로 가는 비행기 표다. 내일 거니 늦지 말라."

그들은 우르르 나간다. 나 혼자 덩그러니 화장실에 남아있다. 허무하지만, 어느 정도 예상은 했었다. 전부 이진수 검사의 손아귀, 그냥 그때 죽일 걸 그랬다. 근데 이렇게 된 이상 어떡하겠는가? 어차피 결과는 돌고 돌아 정해져 있다.

"이진수, 너는 날 너무 호구로 봤어."

같은 시각 이진수 검사도 전화를 끊고 핸드폰을 양복 재킷 주머니에 넣는다. 그의 양복 재킷에 핸드폰이 두 개나 들어있어 조금은 삐뚤어진 모습이다.

"후…."

이진수 검사는 숨을 크게 한번 내쉰다. 그에게는 박종혁이 너무 위험한 사람이다. 박종혁을 몇 번 사용하고 죽이거나 조금의 낌새라도 보여도 바로 죽여야 한다. 그러나 너무 아깝다는 생각이 든다. 순간 이런 욕심이 칼이 되어 자신의 목을 찌를 수 있다는 서늘함이 느껴진다.

"후…."

그는 다시 크게 한번 숨을 내쉰다. 박종혁은 잠시 치워두고 머리를 비운다. 양복 재킷의 깃을 한번 정리하고 시계를 찬 손목을 돌린다. 그는 항상 자신이 완벽하다고 생각한다. 지금 딱히 긴장은 되지 않지만, 그래도 편안한 마음은 아니다. 이제 머릿속을 완전히 비운다. 노크를 하고 앞을 막고 있는 문을 열며 방 안으로 들어간다.

"반갑습니다. 서울중앙지검 부장검사 이진수입니다."

이진수 검사는 밝게 웃으며 말한다.

"아~ 예, 이야기 많이 들었습니다. 진급 축하드립니다."

앉아 있던 최성진이 미소를 보이며 자리에서 일어난다. 그들은 서로 악수를 하며 짧은 덕담을 나눈다.

최성진, 나이는 이제 30대 후반, 2대8 가르마에 테가 얇은 안경을 썼다. 가슴에는 국회의원 배지, 지난달 선거에서 승리한 2선 국회의원이다.

"우선 앉으시죠."

최성진이 손을 놓고 이진수 검사를 앉힌다. 이진수 검사는 주변을 천천히 살펴보며 앉는다. 사무실의 정석을 보여주는 사무실이다. 최성진도 그의 앞에 앉는다.

"저는 항상 단도직입적인 걸 좋아하죠. 그래서 제가 여길 찾아온 거고요. 뭐! 저의 인생 이야기는 이제 시작이라고 생각합니다."

이진수 검사는 최성진의 눈을 마주 보며 말한다. 그에게는 특별한 능력이 있다. 어렸을 때부터 상대에 눈을 보면 감정과 생각을 읽을 수 있었다. 그러니 그는 다른 사람에 감정과 생각을 훤히 보며 상대를 농락하는 변태 같은 취미를 가지고 있다.

"말하는 걸 보니까 단도직입적인 걸 좋아하는 것 같지는 않네요."

최성진이 고개를 약간 뒤로 꺾어 이진수 검사를 아래로 내려본다.

"그런가요? 그럼 제가 여길 찾아온 이유는 성진 씨 대통령 만들어드리고 싶어서 왔어요."

그의 말에 최성진의 고개가 다시 내려온다. 표정은 애매한 미소, 당황스러움과 함께 어이가 없다는 뜻을 품고 있다. 그래도 눈빛을 보아하니 호기심이 끌렸다.

"제 팔자에는 대통령이 없다던데."

최성진은 농담 식으로 거절한다.

"저도 점쟁이 아저씨가 20살에 죽을 거라고 했는데 아직도 건강해요."

이진수 검사도 그의 말을 받아친다. 최성진, 그의 눈빛, 아까부터 이진수 검사를 낮게 보고 있다. 하긴 어디 검사가 국회의원의 이름을 부르며 상종하겠는가. 그래도 이진수 검사가 나름 정치권에서 힘이 있다 보니 함부로 하지 못하고 있다.

"그럼 속는 셈 치고 이야기라도 한번 들어봅시다. 대선까지 4년이 남았는데 4년 안에 그게 되겠어요?"

최성진이 질문한다.

"아니요. 이번 대선은 넘기고 다음 대선에 만들어드리죠."

이진수 검사가 말한다. 최성진은 고개를 천천히 끄덕이며 숨을 길게 내쉰다.

"그럼 제가 대통령 되면 검사님은 뭐하시게요."

"처음부터 대통령 생각은 없었고, 저에게는 딱히 큰 자리 안 주셔도 돼요. 저는 제가 원하는 거 알아서 찾아 먹는 스타일입니다."

대답을 들은 최성진이 팔짱을 끼며 비소를 보인다.

"검사님, 당에서 제 위에 어르신만 30분이 넘게 계세요. 그리고 대통령이란 게 뭐, 영화처럼 검사랑 의원이랑 짝짜꿍한다고 된답니까? 당에 인정과 선택도 받아야 하고 철저한 계획부터 여론까지, 복잡한 거 잘 아실 텐데 그런 말이 나올까요?"

최성진의 말에 이진수 검사의 입꼬리가 높게 올라간다.

"저도 너무나 잘 알고 있죠. 그러니까 제가 시켜드린다고요. 저만 믿으세요."

말이 끝나자 최성진의 눈이 얇게 떠진다. 눈빛은 의심과 경계심을 품고 있다. 하지만 그의 호기심이 점점 강하게 끌려오고 있다.

"뭐, 검사가 대통령을 만듭니까. 이제 나가시면 될 것 같네요."

최성진이 자리에서 일어나 말한다. 하지만 시험하기 위한 거짓말이다. 이진수 검사는 이미 다 알고 있다.

"제가 김성국 죽였습니다."

이진수 검사는 당당히 목소리를 키우며 말한다. 최성진의 걸음이 멈추고 그를 바라본다.

"뭐요?"

"뭐는 아니고. 작년에 사라진 국회의원 김성국, 제가 죽였다고요."

이진수 검사가 팔짱을 끼며 말한다. 최성진은 걸음을 다시 돌려 아까 앉아 있던 자리에 다시 앉는다. 그의 반응이 저렇게 돌아오는 이유는 간단하다. 최성진의 당은 대선에서 패배, 현재 야당이다. 그리고 그의 형은 경남 도지사, 아래쪽 표심을 잡고 있고 김성국과는 서로 이를 갈던 사이었다.

"검사님, 그게 여기서 함부로 말할 건 아닌 것 같네요."

최성진은 주머니에 있던 핸드폰을 꺼내 이진수 검사의 앞에 둔다. 이진수 검사의 계획에는 이런 장면이 없었다. 그는 의아한 표정을 짓는다. 하지만 당황하지 않는다. 의도는 알 수 없지만, 괜찮다. 모든 게 그의 생각대로 흘러가고 있다.

"그럼 진짜 계획이나 들어보고 생각해 볼게요."

최성진의 눈빛을 보아하니 완전히 넘어왔다.

"좋죠~ 그럼 주인공은 저와 성진 씨, 저희가 10년 안에 대한민국 먹을 겁니다."

'이제 진정한 시작이다. 고난의 길이 훤히 보이지만, 모두 알고 하는 것이다. 작은 실수 정도는 있어도 된다. 어느 정도 극복이 가능하도록 계획을 세웠다. 어차피 결과는 돌고 돌아 정해져 있다.'